# 벌판의 어린 풀

# 벌판의 어린 풀

표경록 지음

좋은땅

목차

# 1.

# 그대와의 만남

오늘 난 누군가와 손을 맞잡고 벌판을 걷는 꿈을 꿨다. 광활한 벌판은 황색으로 뒤덮인 구릉이었고 나와 함께한 사람은 찰랑거리는 흑발이 인상적인 여인이었다. 너무나 선명했던 꿈인지라 아직도 그 여운에서 벗어나지 못했다. 방금 꿈에서 깼을 땐, 또다시 그 풍경으로 녹아들고 싶은 마음에 곧바로 눈을 감았다. 하지만 그 꿈을 다시 꾸는 일은 없었다.

아침부터 해야 할 일은 정해져 있다. 늘 그랬듯이 도서관에 가서 내가 출판한 소설을 본다. 여기서 말하는 본다는 건 읽는다는 게 아니다. 그저 삼보의 거리를 두고 내 책을 바라보는 것이다.

다소 거룩할 수도 있는 이 행위가 어떤 의미가 있겠냐마는. 복기라고 할 수도 있고 반성이라고 할 수도 있다. 그조차 아니라면 그저 볼품없는 자책에 불과할 것이다. 편집부는 내 책이 세간에 먹힐 거라고 했다. 하지만 그들 또한 나같이 포부만 가득한 초짜였던지라 결과는 실패로 대답했다.

분명 바라던 일이었을 거다. 작가가 돼서 출판을 하고 후속작을 위해 왕성한 활동을 하는 것 말이다. 하지만 현실은 그리 낭만적이지 않았다. 운 좋게 안 될 작품을 출판해서 있는 돈 없는 돈을 전부 부은 끝에, 출판사는 적자가 났고 작가는 정신적으로 문제가 생겼다.

표지에 그려진 바보 같은 얼굴은 외주의 작품이다. 처음 결과물을 봤을 땐 내가 치밀한 복수극에 걸려 버린 게 아닐까 싶었다. 하지만 디자이너는 나와 초면이었고 그의 말투에선 어떠한 앙심도 느낄 수 없었다. 그제야 난 그자가 단지 얼간이에 불과하단 걸 알 수 있었다.

초등학생이 그린 것 같은 얼굴이다. 난 반대했지만, 마케팅을 담당한 사람이 끝까지 고집을 피우는 바람에 편승해 버렸다. 정말 분했다. 그 녀석은 나더러 소비자의 니즈를 잘 알지도 못하면서 창작자의 이름으로 고집 피운다고 핀잔을 줬다. 한 대 때리고 싶었다. 무엇보다 괴로운 사실은 이제 와서 전부 소용없는 일이 돼 버렸단 거다.

표지의 얼굴이 나를 보고 있다. 그러다가도 딴 곳을 응시한다. 눈을 감고 뜰 때마다 저것의 눈은 다른 곳을 향하고 있다. 난 이 악몽 같은 현상이 무엇인지 안다. 의사가 말해 주기를 조현병이라고 한다. 다행히 초기 증상이라서 약만 제때 먹으면 일상생활에 문제가 없을 거라고 했다. 하지만 문제가 생기는 걸로 봐선 내가 약을 먹는 걸 깜빡한 것 같다. 만약 오늘 자 약 포장이 뜯겨 있다면 의사에게 더 강한 약을 요구할 거다.

적당한 인생을 살았을 터이다. 눈에 띄지 않는 학창 생활을 보냈고 평범한 대학에 나왔다. 충분히 노력한 결과였고 난 내 인생에 만족했다. 분명 그 정도면 미래가 보장될 거라고 믿었다. 하지만 세상엔 나보다 노력한 사람이 많았고 난 그들과 경쟁하는 것이 불가능했다. 겨우 따낸 일자리에서도 적응하지 못하고 뛰쳐나왔다. 그래서 남은 돈으로 작은 방을 구해 어릴 적 꿈을 이루기 위해 시작한 작가였다.

어릴 적 난 책을 읽는 것을 몹시 좋아하는 학생이었다. 책에서 표현된 저자의 심리는 발가벗겨진 채 박제된 표본을 보는 듯했다. 노골적이고 수치스럽지만 그래서 더 좋았다. 난 그들의 솔직함에 매료되어 작가가 되기를 희망했다. 이러한 꿈은 커서도 잊은 적이 없었다. 지금 이 나이가 되도록 말이다.

어리석은 편집부는 내가 후속작을 만들어서 자신들을 도와야 한다고 말했다. 그들은 나보다 더 능력 있는 작가를 만났어야 했다. 지금의 난 상상력이 고갈되었고 힘들게 아이디어를 떠올린다 한들 건강하지 못한 결과물이 나올 게 뻔하기 때문이다.

앞으로 한 달이면 모아 둔 돈도 전부 거덜 난다. 급하게 일용직을 알아보려 했지만 아직도 제대로 된 답변을 받지 못했다. 만약 내가 제정신이었다면 일을 구하는 것이 더 쉬웠을까.

서른이 넘어가도록 이룬 것 하나 없이 이른 나이에 죽을 때를 기다린다. 간절한 마음에 부모님께 연락도 드렸지만, 그들 또한 나와 상종하는 것을 원치 않았다. 이제 나에게 남은 것은 거지가 되어 길바닥에서 생을 마감하는 일뿐이다. 언젠가 사람들이 내 시체를 본다면 불길하다고 침을 뱉고 욕지거리를 내뱉거나 흘겨보지도 않을 것이다. 상상만 해도 신물이 올라올 정도로 두려운 미래다.

누군가 내 곁에 왔다. 쳐다보지는 않았지만, 그 사람 또한 내 책을 보고 있다. 사지도 않을 책을 구경만 하는 건 웃긴 일일지도 모른다. 특히나 그것이 내 책이라면 말이다. 대체 누가 저딴 얼간이 같은 표지에 시간을 낭비한단 말인가. 궁금했던 나머지 그 사람의 얼굴이나 보기로 했다. 그리고 보았다. 그녀는 오늘 내 꿈에 나온 사람이었다.

"우리 어디서 만났던가?"

거의 반사적으로 내뱉은 말이었다. 그 말을 들은 그녀는 놀라긴커녕 오히려 태연하게 대답했다.

"이렇게 만나는 건 처음이야."

"꿈에서 널 본 것 같은데…. 정말 똑같이 생겼어."

"일은 잘돼 가?"

"일이라니?"

"글 적는 거 말이야. 하고 싶어 했잖아."

"아니. 이렇게까지 안 맞을 줄 몰랐어. 그래서 매일 후회하고 있어. 그때 직장을 포기하지 않았더라면 좀 더 나은 인생을 살 수 있었을 건데."

"불쌍하네. 그러면 할 일도 없겠다, 기분 풀러 놀러 갈래? 같이 따라가 줄게."

거부할 수 없었다. 저 사람의 목소리는 사람을 잠결에 취하게 만든다. 정신은 몽롱해지고 현실감과 멀어진다. 기묘한 매력이다. 피리 부는 사나이에게 홀려 버린 어린아이가 그럴까. 난 무의식적으로 그녀를 따라갔다. 그녀는 자신의 자동차로 날 안내했다. 난 익숙한 듯이 보조석에 탑승했고 이 모든 과정은 자연스럽게 이루어졌다. 너무나 자연스러웠던 나머지 그녀가 날 데리러 온 엄마같이 느껴질 정도였다.

그녀의 등장이 기뻤다. 그리고 반가웠다. 이 만남을 통해 나아질 리 없는 인생에 변환점을 찾고 싶었던 걸지도 모른다. 그리고 그녀는 정말로 나를 바꿔 줄 수 있을 것 같았다. 마치 구세주처럼 말이다.

우리는 차 안에서 여러 이야기를 나눴는데 그녀는 나에 대해 궁금한 것이 정말 많은 것 같았다. 그녀는 나더러 어떤 책이 가장 큰 영향을 줬는지, 작품 활동을 하면서 어떤 점이 힘들었는지에 대해 물어보았다. 난 솔직하게 대답했고 그녀는 내 모든 선택을 존중하는 듯했다. 조금 섬뜩했던 건 내가 극단적 선택을 시도했단 걸 그녀가 알고 있단 점이었다. 내가 그걸 어떻게 알았냐고 추궁하자 그녀는 나에게 아직은 죽을 때가 아니라는 답변만 할 뿐이었다.

목적지까지 가는 데만 한나절을 소모했지만 그 과정은 나에게 있어선 소중한 시간이었다. 그녀가 기분 좋은 목소리로 내 심정에 대해 물어봐 주는 것은 달콤한 위안이 됐기 때문이다. 난 어린아이가 된 것처럼 해맑게 대답했고 그녀는 내 솔직함을 칭찬했다.

그렇게 도착한 곳은 놀이동산이었다. 예상대로 너무 늦은 나머지 문은 닫혀 있었고 이대로 돌아가야 하나 싶었다. 하지만 그녀는 몰래 들어가는 방법을 아는 것 같았다. 내가 어떻게 할 거냐고 물어보자 그녀는 뒤편에 공사 중인 곳으로 들어가자고 했다. 그녀가 말하기를 이곳의 인부들은 일을 소홀히 해서 문도 안 잠그고 퇴근한다는 모양이다.

그녀는 차를 몰고 놀이동산 뒤편으로 날 데려갔다. 그곳에는 작은 뒷산의 입구가 있었는데 그녀는 저 길이 지름길이라고 했다. 밤에 산을 오르는 일은 아무래도 무서웠던지라 그녀에게 떼를 썼지만, 그녀는 아랑곳 않고 나에게 랜턴을 쥐여 주었다.

"이렇게까지 가야겠어?"

"당연하지. 우리가 지금부터 할 일은 잊을 수 없는 추억이 될 거니까."

"난 추억을 운운할 나이가 아니야."

"그게 대체 무슨 말이야?"

"추억은 어린 시절 좋았던 일을 말하는 거야. 그리고 난 어린 시절을 지나왔어. 지금부터 우리가 할 일이 뭔지는 모르겠지만 그건 추억 쌓기라고 부르기 어려울 거야."

내 말이 끝나자 그녀는 고개를 갸우뚱거렸다. 그녀의 태도를 보니 내 사력을 다한 설득이 통하지 않았던 모양이다. 그리고 이어진 그녀의 말은 날 놀라게 했다.

"만약 네가 다음 생이 됐을 때, 나와 함께한 일들을 떠올린다면 그건 추억이라고 불러야 하지 않을까."

난 그녀의 말이 암시하는 바를 알 수 있었다. 아니, 어렴풋이 추측할 수 있었다. 오늘 꿨던 꿈이 잊히지 않았던 이유도 내가 저 얼굴이 반가웠던 이유도 전부 추억이었기 때문이다. 난 내가 깨달은 바를 그녀를 통해 확인하고 싶어졌다.

"이전에도 나와 만난 적이 있어?"

"아니, 없어. 오늘 처음 만난 거야."

"그럴 리가 없어. 난 널 꿈속에서 봤다고. 그건 마치 추억 속 장면을 보는 기분이었어."

"성급하게 생각하지 마. 꿈은 여러 의미를 가지잖아. 널 혼란스럽게 만드는 일도 곧 의미를 알게 될 거야."

그녀가 앞장서서 걸어가다가 한마디를 덧붙였다.

"무엇보다 넌 어려."

그녀를 따라 삼십 분을 걷자 곧 목적지에 도착할 수 있었다. 그곳엔 공사 중인 출입구가 있었는데 상당히 거대했다. 이 주변은 나무를 베어서 마련한 흙길이었고 입구는 버려진 공항을 보는 듯했다. 다행히도 소홀한 인부가 모든 전력을 끄지 않은 탓에 전봇대를 포함한 몇 개의 불빛이 살아 있었다. 그 빛은 날 편안하게 만들었다.

입구로 추정되는 건물 너머로 대관람차와 롤러코스터가 보인다. 그제야 내가 놀이동산에 왔단 걸 실감할 수 있었다. 이게 얼마 만에 놀이동산이란 말인가. 어릴 적 가족과 함께 간 뒤로 한 번도 온 적이 없었다.

"좋은 기억이 떠오르는 곳은 아니지?"

그녀의 말대로였다. 난 이곳과 좋은 추억을 만들지 못했다. 어릴 적 놀이동산에 갔을 때 차 안에서 아빠와 크게 다퉜었다. 아빠는 나에게 게으르다는 핑계로 잔소리를 했었고 나는 그 소리에 이골이 났다. 그래서 죽일 듯이 화냈다. 가족과 함께 화목한 시간을 보낼 수 있는 기횐데 왜 나에게 좋은 추억을 남겨주지 못하냐며 원망스럽게 소리쳤다. 그 말에 아빠는 더욱 화를 내며 날 나무랐다. 평소에 내가 부지런했다면 이런 일은 없었을 거라면서 말이다.

우리들의 감정선은 놀이동산에 도착한 뒤로도 사그라들지 않았다. 난 뾰로통한 얼굴로 눈물을 삼키며 걸었고 아빠 또한 그런 나를 부끄럽게 생각하는 모양이었다. 결국 우리들은 거리를 두고 걸었다. 그리고 그 끝에 난 미아가 됐다. 혼자가 된 난 부모님이 한심한 자식을 버린 게 아닐까 싶었다. 그건 나에게 새겨진 가장 고통스러운 감정 중 하나였다.

"그 뒤로 어떻게 됐더라."

"넌 마감 시간이 다 돼 가자 도망치듯이 도와줄 사람을 찾아다녔어. 그 끝에 도착한 곳이 공사 중이던 거리였지. 바로 여기 말이야. 여기서 넌 저녁 식사 중이던 인부에게 도움을 받아서 집으로 돌아갈 수 있었어. 하지만 넌 기억 못 하겠지. 그때 넌 혼란스러웠고 울다 지쳐서 잠들어 버렸으니까."

"아, 그랬지. 잠들어 버리는 바람에 고맙단 인사도 하지 못했어. 그

나저나 여긴 정말 하나도 안 바뀌었어. 내가 꿈이라도 꾸는 걸까?"

"그럴지도 모르지. 넌 제정신이 아니잖아."

"맞다. 그러고 보니 점심 약과 저녁 약을 먹었어야 했는데…."

"그런 건 신경 쓰지 말고 나랑 놀자."

그녀는 다짜고짜 내 손을 끌어당겼다. 그녀의 발걸음은 날 재촉하듯이 빨랐고 난 할 수 없이 그녀의 속도에 맞췄다. 그녀는 날 어느 구역으로 안내했는데 그곳의 테마는 침몰 직전의 해적선으로 보였다. 바닥은 나무 갑판에다가 군데군데 자그마한 욕탕이 설치되어 있었다. 아마도 이 구역은 놀이동산 겸 물놀이장이 아닐까 싶다.

가장 먼저 우리가 한 것은 롤러코스터를 타는 것이었다. 그녀는 들떠서 양팔을 들고 소리쳤다. 그러한 분위기에 휩쓸린 것인지 나 또한 양팔을 들고 소리쳤다. 롤러코스터는 생각한 것보다 무서웠지만 그것도 잠깐에 불과했다. 바람에 몸을 맡기고 두근거림에 집중하다 보니 금세 즐거워졌다.

첫 번째 놀이기구가 끝나자, 그녀는 쉬지 않고 날 몰아붙였다. 롤러코스터 다음으로 우리가 탄 것은 바이킹이었고 그다음으로 탄 것은 자이로드롭이었다. 연속으로 난이도 높은 놀이기구를 타서 지칠 법도 한데 그녀는 전혀 만족하지 않았다. 이러한 마음은 나 또한 같았다. 난 흥분했고 더할 나위 없이 즐거웠다.

우리는 탈 수 있는 놀이기구를 전부 타 본 후에야 겨우 진정할 수 있었다. 그리고 지금은 작은 욕탕에서 몸을 풀고 있다. 그녀가 나에게 욕탕에서 쉬자는 제의를 했을 땐 난 거절하고 싶었다. 우리에겐 수영복이 없을뿐더러 갈아입을 옷조차 마련해 두지 않았다. 그러나 그녀는 내가 괜한 걱정을 한다며 날 밀어 넣었다.

욕탕 안은 생각한 것 보다 나쁘지 않았다. 놀이동산 한복판이라서 그런가 경치도 마음에 들었다. 오히려 이것을 통해 지금까지의 흥분이 감동으로 마무리되는 느낌이었다. 누운 채로 뒤치락거릴 때마다 온수가 살결을 스친다. 난 그 감각에 몸을 맡겼다.

오늘 일은 잊히지 않을 추억이 될 것 같다. 그리고 한편으로는 이 모든 것이 하룻밤의 꿈이 아닐까 하는 의심도 생겼다. 의사가 말하기로는 조현병이 심해지면 꿈과 현실을 구분하는 게 힘들어진다고 했다. 그의 말이 맞을지도 모른다. 불안한 생각을 되새김질하다 보니 이 상황이 점점 더 이상하게 느껴졌다. 난 그녀를 통해 진실을 알아보기로 했다.

"내 눈앞에 존재하는 넌 실제로 존재하는 사람인 거야? 아니면 내 조현병이 만들어 낸 상상 친구에 불과한 거야? 진실을 말해 줘. 난 네 존재가 믿기지 않아."

내 말을 듣자, 그녀는 배시시 웃었다. 도대체 뭐가 그리 웃긴다는 말인가. 그녀의 알 수 없는 태도에 난 불안해졌다.

"내일 만나자, 어린 풀."

그 말을 끝으로 난 의식을 잃었다. 좀 더 많은 것을 물어보고 싶었지만, 잠결이 쏟아진 나머지 저항할 수 없었다. 안구를 짓누르는 눈꺼풀은 내 의지로 어떻게 할 수 있는 게 아니었다.

다시 눈을 떴을 땐 내 방이었다. 난 익숙한 이부자리에 누워 있었고 이는 어젯밤 일이 꿈에 불과하다는 증거였다. 난 애써 그 사실을 받아들이려 했다. 하지만 좀처럼 마음을 정리할 수가 없었다. 어젯밤의 경험은 너무나 생생했다. 혹시나 하는 마음에 약 봉투를 살펴봤지만, 어제 먹었어야 할 약은 뜯긴 상태였다. 그렇다면 내가 어제 경험한 것은 무엇이었단 말인가.

난 곧바로 담당의를 만나러 갔다. 나는 그에게 어젯밤 일들을 곧이곧대로 말해 줬고 그의 표정은 굳어만 갔다. 그는 내 병이 돌이킬 수 없을 정도로 심해졌다고 말했다. 그래서 의사에게 더 강한 약을 달라고 요구했다. 그러나 그는 내 말을 듣지 않았다. 내가 몇 번이고 처방전을 달라고 애걸하자 그제야 그는 내 말에 대답했다.

"환자분은 앞으로 약에 의존한 채 살아야 할지도 모릅니다. 그러니 입원을 하시는 게 어떨까 싶네요."

"아뇨. 입원은 안 됩니다. 처방전을 만들어 주세요."

"환자분은 가족이 있으신가요? 만약 가족이 있다면 위급한 상황에 도움을 줄 수 있겠지요."

"가족이랄 건 없습니다."

"그러면 입원하시는 걸 고민하셔야겠습니다."

그는 나를 시설에 가두고 싶어 하는 것 같았다. 그의 눈빛은 살벌했고 단호했다. 내가 아무리 부탁해도 도저히 들어줄 것 같지 않았다. 여기서 더 대화해 봤자 내 감정만 격해질 뿐이다. 그래서 난 내가 할 수 있는 최선의 대처를 하기로 했다.

"좀 더 생각하고 연락드리겠습니다."

"연락을 기다리지요."

난 그 말을 남기고 도망치듯이 뛰쳐나왔다. 숨이 찰 때까지 달렸고 이 과정에서 스스로가 탈옥한 범죄자라도 된 것 같았다. 주어진 현실로부터 도망치고 싶었다. 이름 모를 그녀에게 도움을 청하고 싶었다. 그러고 보니 어젯밤 그녀는 나에게 다시 만나자는 말을 남겼었다. 어쩌면 오늘도 그녀와 만날 수 있을지도 모른다.

어제도 그랬듯이 도서관으로 향했다. 이곳이라면 다시 그녀를 만날 수 있을 거라고 생각했기 때문이다. 늘 그랬듯이 내 책을 바라본다. 그러자 그녀는 약속한 것처럼 내 옆에 나타났다.

"오늘도 나랑 놀러 갈 거지?"

"그래. 당연하지."

그녀는 어김없이 나를 차에 태웠다. 내가 오늘은 어디로 갈 거냐고 물어보자 그녀는 내가 평생 가고 싶었던 곳으로 가자고 했다. 그녀의 말이 상징하는 의미는 명확했다. 난 어릴 적부터 별을 구경하는 것이 소원이었다. 하지만 도시에서는 별을 구경할 수 없었고 자연스레 천문대를 동경하게 되었다. 난 혹시나 해서 그녀에게 우리의 목적지가 천문대냐고 물어봤다. 그러자 그녀는 미소 지으며 정답이라고 답했다.

그녀와 함께 있을수록 난 그녀에게 빠져들어 갔다. 그녀는 정말로 내 모든 것을 꿰뚫어 보는 듯했다. 그러면서도 나에 대한 질문을 끊임없이 던져댔다. 그녀의 질문 대부분은 내 심정에 관해 물어보는 것이었고 내가 그 말에 답할 때마다 그녀는 나를 동정해 주었다. 난 꿈만 같이 알 수 없는 그녀에 대해 좀 더 알고 싶어졌다. 그래서 차근차근 물어보기로 했다.

"그러고 보니 이름을 물어보는 걸 깜빡했네. 난 널 뭐라고 불러야 할까."

"내 이름을 밝히는 건 중요하지 않아. 어린 풀. 그보다 중요한 건 우리가 함께 있다는 사실이지."

그녀의 대답은 모호했다. 무엇보다 이해할 수 없는 건 그녀가 날 어린 풀이라는 별명으로 부른다는 거였다. 그 별명이 싫은 건 아니었지만 어린 풀이라는 말은 나와 전혀 어울리지 않는 단어였다.

난 그녀에게 별명의 의미를 가르쳐 줄 수 있겠냐고 물었다. 그녀는 예상외로 흔쾌히 대답해 줬고 그녀의 대답이 늘 그렇듯 참으로 난감하기 그지없었다. 그녀는 나더러 '아직 태어나지 않았으니까.'라고 답했다. 난 잠시 내 조현병 때문에 그녀의 말이 이상하게 들리는 게 아닐까 싶었다. 그래서 한 번 더 말해 줄 수 있겠냐고 물었다. 하지만 그녀는 똑같은 대답을 할 뿐이었다.

이해할 수 없었기에 설명을 요구하기도 했다. 그러나 그녀의 설명은 날 더 어렵게 만들었다. 그녀의 말투는 애교가 가득했고 또한 밝았지만, 그녀가 사용하는 어휘는 복잡했다. 너무나 복잡한 나머지 종교적인 느낌까지 들었다. 내가 애써 이해하려 하자 그녀는 "자연스럽게 알게 될 거야."라는 말로 다독였다. 그 한마디는 날 고뇌로부터 벗어나게 했다.

이번에도 한나절 동안 이동했다. 가는 길이 상당히 가팔랐는데 그 때문에 차가 뒤집히는 줄 알았다. 난 그녀에게 이 길이 맞냐고 수도 없이 물어보기도 했다. 하지만 그녀의 뜻은 완고했다. 결국 천문대는 나타났고 그걸 보자 난 지금까지의 의심을 사과할 수밖에 없었다. 내가 그녀에게 사과하자 그녀는 내 의심이 합당하다고 했다.

우리는 주차를 마치고 건물 안으로 향했다. 이곳이 산꼭대기라서 그런지 낭떠러지 아래로 야경이 펼쳐졌다. 난 그 야경이 밤하늘과 정말 잘 어울린다고 생각했다. 만약 밤하늘을 담을 만큼 큰 호수가 있다면 딱 저렇게 비칠 것이다.

천문대 안으로 들어가자마자 우리를 반긴 건 전시물이었다. 전시물은 대개 우주와 관련된 물건이었는데 이는 주의 깊게 볼만한 것들이었다. 그중 가장 내 관심을 끄는 것은 운석 조각과 옛날에 쓰였다던 별 지도, 우주탐사에 사용됐다 하는 물건 등이 있었다. 신기한 것은 아직 영업 중인데도 사람이 없다는 거였다. 난 그녀에게 이러한 사실을 알려주기로 했다.

“손님이 아무도 없어. 신기하지 않아? 어제 우리가 간 곳은 폐장 시간이었지만 이곳은 아니잖아.”

“이곳으로 오는 길은 너무 험난해서 아무도 오려 하지 않거든. 산길을 오르다가도 몇 번이고 갈림길을 마주해야 하지. 게다가 너무 외진 나머지 지도에 표시되지도 않아. 겨우 이곳으로 오르는 길을 찾았다고 해도 그건 더 이상 멀쩡한 도로처럼 보이지 않을 거야."

"관리는 누가 하는 거야?"

"가끔 청소부와 정비공이 들르는 정도야. 전력은 제시간이 되면 저절로 꺼지지."

"잘도 이런 곳을 알고 있구나."

"내가 사람 많은 곳을 싫어해서. 하지만 네가 별을 보고 싶어 하니까 힘들게 찾은 거야."

난 그 말에 적당한 대답을 찾지 못했다. 그녀의 정성은 대단한 것이었고 너무나 고마웠다. 하지만 그녀가 나에게 보여 준 모든 성의가 나로선 이해할 수 없었던 것도 사실이었다.

그녀와 함께 있을수록 궁금증은 커져만 갔다. 그녀는 도대체 누구란 말인가. 몽환적인 목소리는 사람을 취하게 만들고 특유의 매력은 사람의 것이 아닌 것 같았다. 무엇보다 알 수 없었던 것은 얼굴이었다. 그녀의 얼굴은 도무지 나이와 인종을 짐작할 수 없었다. 얼핏 보면 어린 소녀의 얼굴이지만 그 표정만큼은 지혜롭고 용맹한 성인의 것이었다. 또한 그녀의 이목구비는 서양인처럼 뚜렷했지만, 전체적인 느낌은 동양의 것이 분명했다. 이 이유에 대해선 한참을 고민한 끝에 알 수 있었다. 그녀의 눈, 코, 입은 동양인이라기엔 크고 서양인이라기엔 작았다. 이는 마치 완벽한 비율로 조각된 사람을 보는 듯했다.

내 호기심을 자극하는 건 또 있었다. 그건 바로 그녀가 여성처럼 느껴지지 않는다는 거였다. 그 예로 그녀의 말투나 행동거지는 전혀 여성적이지 않았다. 그러니까 성별이 가지는 특유의 분위기나 습관이랄 게 없었단 거다. 솔직히 말하자면 그녀의 말투는 오히려 남자에 가까웠고 그중에서도 전혀 남성적이지 않은 어린 소년의 것과 비슷했다. 내가 거리낌 없이 대화할 수 있는 것도 그 이유 덕일 거다.

이를 토대로 난 그녀가 사람이 아닐까 하는 의심도 해 봤다. 요정이라든가, 천사라든가 말이다. 그조차 아니라면 빌어먹을 인생을 산 나를 벌하기 위해 내려온 악마일 수도 있다. 그녀는 날 유혹하고 지옥으로 데려갈지도 모른다. 이런 생각을 하다 보니 어느새 그녀가 두려워졌다.

"무슨 생각을 하길래 그런 표정을 짓는 거야?"

"넌 알고 있잖아. 아니, 넌 나에 대해 하나도 빠짐없이 알고 있을 거야. 왜냐하면 지옥에 데려갈 죄인 명단에 내 이름과 정보가 적혀 있을 테니까."

내 말을 듣자 그녀는 웃음을 터뜨렸다. 난 당황해서 그녀가 웃음을 그칠 때까지 멍하니 서 있을 뿐이었다. 한참이 지나자, 그녀는 겨우 웃음을 그쳤고 눈물을 닦으며 나에게 말했다.

"그래서 어린 풀, 겨우 생각해 낸 게 그거야?"

부끄러웠다. 난 어떠한 변명도 하지 못했다. 그녀의 한마디는 날 정신 차리게 했고 그제야 난 내가 무슨 말을 했는지 알 수 있었다. 그래서 난 한동안 침묵을 유지했다. 내 망언을 반성할 수 있게.

"언제까지 그렇게 서 있을 거야. 우린 별 보러 왔잖아. 어서 따라와."

그녀는 내 손을 붙들고 끌어당겼다. 난 그 손길에 저항할 수 없었다. 날 이끄는 발걸음은 다급했고 그렇게 도착한 곳은 상영관이었다. 그녀가 말해 주기론 이곳 천문대는 밤하늘을 큰 화면에 송출해 준다는 모양이다. 우리는 유일하게 불이 들어온 상영관을 찾아 헤맸다. 다행히 상영관의 길은 단 하나뿐이라서 앞을 향해 내려가기만 하면 됐다. 상영관 맨 아래에 있는 문으로 들어가자 새로운 상영관이 펼쳐졌다. 그 상영관을 내려가서 또다시 맨 아래의 문으로 들어가자 또 새로운 상영관이 펼쳐졌다. 그것의 반복이었다. 우린 그 짓을 적어도 열 번은 했고 드디어 불이 들어온 상영관을 찾을 수 있었다. 그렇게 난 어릴 적 소원을 감상했다.

밤하늘은 별하늘이었다. 별은 신비한 보석이었고 우주는 하늘보다 높았다. 당연한 상식이지만 새삼 와닿는 게 있었다. 난 눈 뜬 채로 꿈을 꾸는 경험을 했다. 그 꿈은 이름 모를 항성과 만나는 꿈이었고 이는 어릴 적 기억을 떠오르게 했다.

"옛날에 엄마랑 아빠가 크게 싸워서 할머니 댁에 간 적이 있어. 거긴 시골이라 그런가? 별이 보이더라고. 그때 본 이름 모를 항성이 너무나 아름다웠던 나머지 소원을 들어주는 별이다 생각하고 기도했어. 정말 말도 안 되는 소원이었는데. 그때 이후로 힘들 때마다 그 별을 떠올리게 되더라. 다시 한번 만나서 기도를 들어줬으면 좋겠다고 생각했어."

"그거 알아, 어린 풀? 사람이 별에게 기도한 만큼 그 소원을 들어주는 수호신이 있대."

"영적인 말이네. 예전에 그런 말을 들었다면 귓등으로도 안 들었을 건데. 지금은 어째선지 와닿아."

난 잠시 생각을 정리하고 말을 이어 갔다.

"나와 함께해 줘서 정말 고마워. 너와 함께 만드는 추억은 다시 태어나도 잊을 수 없겠지. 근데 왜 나 같은 사람에게 친절을 베푸는 거야? 아무리 생각해도 난 모르겠어. 제발 부탁할게. 이유를 말해 줘."

"그래야 날 잊지 않을 거니까."

그녀의 대답이 끝나자, 잠결이 쏟아졌다. 이번에도 이렇게 헤어지는 걸까. 눈을 뜨면 오늘 일은 없던 게 되겠지. 난 이전과는 비교도 할 수 없을 정도로 아쉬웠다. 하지만 이내 편안히 잠결에 몸을 맡길 수 있었다. 그녀가 내 머리를 자기 어깨에 기대게 한 거다. 그러고는 귀에 대고 작게 속삭였다. "잘 자, 어린 풀."이라며.

눈을 떴을 땐 혼자가 되어 있었다. 이번에도 어김없이 내 방이다. 난 어서 도서관으로 가서 그녀와 만나고 싶어졌다. 그녀와 만나는 날이 많아질수록 난 다른 사람이 되어 가는 기분이다. 처음에는 변화를 체감하지 못했다. 하지만 이제 확실히 알 것 같다. 난 의존적인 사람이 되어 가고 있다. 내 머릿속에는 그녀에 대한 생각뿐이다. 삶에 막막함을 느낄 때면 그녀를 떠올리며 안정을 찾는다. 이러한 양상 때문에 내가 마치 그녀의 신도라도 된 것 같았다.

오늘도 어김없이 그녀를 기다렸다. 도서관에서 내가 출판한 책을 바라보며 말이다. 언제 봐도 바보 같은 얼굴이다. 하지만 그런 건 아무래도 상관없다. 나에게 있어서 전부는 그녀와의 만남이 되었기 때문이다.

"오늘은 일찍 왔구나? 어린 풀."

약속한 것처럼 그녀는 나타났다.

"보고 싶었으니까. 그래서 오늘은 어디 갈 거야?"

"벌판을 보러 가자."

우린 인근에 있는 산에 도착했다. 그 산은 정상까지 칠백 미터나 되는 높은 산이었는데 그 꼭대기에 벌판이 있다고 했다. 난 예전부터 운동을 좋아하지 않던 탓에 썩 내키지는 않았다. 하지만 그녀는 꼭 나와 함께 가고 싶다고 주장했다. 그래서 힘을 내기로 했다.

올라가는 길은 상당히 고통스러웠다. 평생 동안 제대로 쓴 적 없는 근육이 저주받은 육신을 고문했다. 다리는 녹을 듯이 아팠는데 이러한 감각은 등골까지 이어졌다. 차가운 바람 탓에 귀는 뜯어져 나갈 듯이 아렸다. 무엇보다 날 괴롭히는 건 자꾸만 마르는 내 목과 폐였다. 살면서 숨이 찬 적이 별로 없어서 그런가 이러한 아픔은 처음 느껴 보는 것이었다. 이 와중에 그녀는 아무렇지도 않아 보였다.

"생각한 것보다 더 약골이구나? 어린 풀."

"내게 운동을 기대하지 마."

"그건 모르지. 네가 만약 운동선수가 될 운명을 가지고 있다면 노력한 만큼 대단해질 수 있었을 건데."

"그렇다면 난 글을 적는 운명을 타고나지 못한 거네. 노력은 노력대로 하고 결과는 비참하니까."

"정말 그렇게 생각해?"

"내가 잘하는 걸 빨리 깨우쳤더라면 지금이랑 다른 인생을 살 수 있었을 건…."

난 문장을 끝내며 말끝을 흐렸다. 제대로 맺어지지 않은 말이 입안을 맴돈다. 그녀는 그런 나를 보며 고개를 갸우뚱거렸다. 그래서 난 잠시 뜸을 들이고 고친 말을 내뱉었다.

"조금은 다른 인생을 살 수 있었을까?"

그녀가 대답하기도 전에 우린 정상에 도착했다. 그곳에서 난 보았다. 아득히 펼쳐진 황색 벌판을. 산꼭대기에서 불어오는 차가운 바람을.

"정상이야. 어린 풀."

"그날 내가 꿈속에서 본 풍경이 이랬어. 아, 그런 의미였구나. 그건 예지몽이었던 거야."

그녀는 내 손을 부드럽게 쥐었다. 난 그녀의 손길을 받아들였고 함께 손을 맞잡았다. 그렇게 우린 벌판을 산책했다. 마치 이 순간이 영원할 것같이. 벌판은 갈대로 가득했는데 그 사이를 지나가는 느낌이 좋았다. 이는 마치 꿈을 꾸는 기분이었다.

우리는 앞을 향해 나아가며 많은 이야기를 나눴다. 그녀는 내가 벌판의 환심을 샀다고 했는데 난 그 말이 이해가 안 갔다. 그녀가 말하기로 벌판은 머지않아 날 시련에 들게 할 거라고 한다. 내가 만약 시련을 이겨 낸다면 수많은 영광과 미래를 약속한다고 한다. 난 그 괴상한 제의에 앞서 벌판이 무엇인지에 대해 물어보았다. 그녀는 벌판이 단 한 사람을 위한 신이라고 했다. 그는 위대함과 그에 걸맞은 칭찬을 사랑하는 신인데 자신의 어린 풀을 세상에 태어나게끔 한다고 말했다.

“그리고 넌 벌판의 그릇이 돼서 재능을 떨쳐야 할 거야. 사람들은 그런 널 보고 찬양과 창송, 영광을 보내겠지.”

“그러면 날 괴롭히던 오랜 지병인 간난과 정신병은? 그로부터 떨쳐낼 수 있는 거야?”

“당장은 아니더라도 곧 그렇게 될 거야. 그전에 넌 때가 돼서 죽어야 하겠지만.”

“그게 무슨 신의 장난이란 말인가….”

“장난이라고 말한다면 벌판이 상처받을 거야. 너에게 주어진 기회는 신의 장난이 아니라 구애겠지.”

“믿을 수가 없어.”

"하지만 넌 날 믿어야 해, 어린 풀. 너 말고는 아무도 없어. 네가 벌판의 마음을 움직이게 했으니까."

"난 그런 짓을 한 적이 없어. 도대체 그게 무슨 소리야."

"잘 생각해 봐, 어린 풀. 넌 알고 있을 거야. 어릴 적 네가 품었던 기도가 생각나?"

"그래. 기억하고말고. 난 단지 영원한 인생을 사는 주인공이 되고 싶었어. 마치 내 우상같이."

"너의 진실한 마음이 닿은 거야, 어린 풀."

우린 결국 벌판의 끝까지 왔다. 그 앞에는 바다가 있었는데 파도가 몹시 심해 보였다. 그뿐만 아니라 하늘도 우중충해서 곧 폭풍이 칠 것 같았다. 그녀는 나에게 바다를 헤엄쳐서 끝까지 가라고 했다. 바다의 끝에는 방파제로 이루어진 섬이 하나 있을 건데 등대의 불빛에 비치는 일 없이 거기서 하루를 견디라고 했다.

수영은 어릴 적 이후로 한 번도 해 본 적이 없다. 하지만 적어도 도전할 자신은 있다고 생각한다. 처음이자 마지막으로 수영했던 해변에서 또래 애들이 잘한다고 한 기억이 있기 때문이다. 그녀 또한 내가 잘해낼 거라고 믿는 눈치다. 난 그녀에게 고개를 끄덕여서 수락의 의미를 보냈다. 그러자 그녀는 마지막 순간처럼 작별 인사를 보냈다.

"잘 들어, 어린 풀! 벌판은 엄격한 부모야. 그는 너의 자유의지를 존중하지만 넌 절대 그의 손아귀에서 벗어날 수 없어. 행여나 네가 벌판과 반대되는 짓을 한다더라도 벌을 받지는 않아. 하지만 넌 그걸 통해 얻을 수 있는 게 아무것도 없을 거야. 아니면 지금보다 더 심해질 수도 있겠지. 네 인생은 더 이상 네 힘으로 개척하는 게 아니게 된 거야. 넌 벌판과 맺어지면서 행운을 몽땅 버리고 운명을 받았으니까. 그러면 언젠가 또 만나자, 나의 어린 풀."

난 파도를 헤엄쳐서 바다를 건넜다. 그렇게 한참을 나아간 끝에 섬에 도착했다. 섬은 그녀의 말대로 방파제로 이루어져 있었다. 땅이랄 건 없었고 그저 테트라포드 산더미에 불과했다. 섬 중앙에는 등대 하나가 우뚝 서 있었는데 날 찾는 것 같았다. 등대의 불빛은 눈알이 굴러가듯 바다를 훑어댔다. 난 그 빛을 피해 바다 속으로 잠수했다.

난 불빛이 닿지 않는 등대의 아래쪽에서 부상했다. 문제는 도저히 방파제 위로 올라갈 수 없었단 거다. 테트라포드는 너무 퍼져 있었고 바닷물은 그사이를 오갔다. 함부로 방파제 위로 올랐다간 그 틈새로 떨어질지도 모른다. 그래서 몸을 바다에 입수시킨 채로 테트라포드를 움켜쥐었다. 비바람이 몰아치고 파도가 거친 탓에 몇 번이고 휩쓸릴 뻔했다. 추위는 살점을 파먹고 고갈되는 집중력은 날 나약하게 만들었다. 하지만 애써 포기하지 않았다. 언젠가 이 시간이 끝나기만을 기다리며.

방파제를 꼭 쥔 탓에 손은 상처투성이가 되어 갔다. 그뿐만이 아니라 군데군데 부딪히는 바람에 성한 곳이 없었다. 소금물이 상처에 닿을 때마다 쓰라렸지만, 어느새 아픔도 희미해져 갔다.

얼마나 시간이 흘렀을까. 손에서 힘이 풀리고 있다. 난 최대한 버텼고 그 때문에 피로가 의식을 쫓아내려 한다. 그리고 마침내 잠결이 쏟아졌다. 이는 저항할 수 있는 게 아니었다. 눈을 감자 모든 게 끝나는 기분이었다.

# 2.

# 어린 풀의 소망

겨울이 가고 봄이 왔다. 목적 없이 대학가 주변을 산책하려고 나왔는데 의도치 않게 벚꽃 구경을 하게 되었다. 꽃잎은 폭우같이 내렸고 새 학기를 등교하려는 학생들에게 내려앉았다. 눈앞에 있는 학교는 내가 예전에 다녔던 대학교다. 지방대에 불과하지만 나름대로 성적이 뒷받침돼야지만 갈 수 있는 곳이다. 난 저곳을 가기 위해 열심히 공부했다. 그리고 합격 문자를 받았을 땐 내 노력에 감탄했다.

뭐든 해낼 수 있을 거라고 믿었다. 내가 나온 대학은 명문대 소리는 못 들어도 좋은 대학을 나왔다는 말 정도는 들을 수 있었기 때문이었다. 하지만 세상은 명문대를 나온 이들조차 살기 벅찬 환경이었다. 그런 환경에서 내가 낄 곳은 없었다.

나름대로 생각을 정리하던 찰나 관심을 끄는 목소리가 들려왔다.

"영적인 것이나 사후 세계에 관해 관심이 있나요? 관심이 있다면 저희 동아리에 가입해 주시길 바랍니다."

젊을 적 학교를 다닐 때 오컬트 동아리가 있다는 말은 들은 적이 있다. 자아 성찰을 목적으로 부원을 영입한다고 했는데 실제로 보는 건 처음이다.

동아리 부원으로 보이는 이는 등교 중인 학생을 아무나 세워놓고 똑같은 말을 반복했다. 하지만 그 누구도 그의 말에 관심을 가지지 않았다. 나라도 저런 말을 하는 사람은 멀리하고 싶을 것이다. 그들의 주된 활동은 원시인이 숭배했을 법한 고대 신을 찾아내어 기도를 드리는 것이라고 한다. 그렇다면 그들은 사이비와 무엇이 다르단 말일까.

예전에 나였다면 그들을 지독하게 혐오했을 것이다. 당시의 난 원하는 대학에 들어갔다는 성취감에 한껏 오만해져 있었고 영적인 것으로부터 답을 구하는 이들은 현실을 도피하고 싶은 패배자라고 생각했었다. 하지만 이제 와서 되돌아보니 나 또한 그들과 다름없는 사람이 되어 있었다. 어제만 해도 난 듣도 보도 못한 신을 숭배하라는 권유를 받았다. 그 결과 난 권유를 받아들였고 누구보다도 영적인 것에 목숨 거는 사람을 자처했다.

난 이제 저들의 바람을 이해할 수 있게 되었다. 나 또한 자아와 존재의의에 대한 해답을 간절히 바라게 되었고 나아질 리 없는 인생에 기적이 일어나길 바라게 되었다.

집으로 돌아가기 전에 도서관을 들르기로 했다. 딱히 그녀와 만나고 싶은 건 아니었다. 그녀의 작별은 한동안 못 볼 거라는 의사가 담겨 있었기 때문이다. 또한, 어젯밤이 지났을 때 난 폭풍을 한차례 넘긴 듯한 느낌을 받았다. 그러니 당분간 그녀와 만나는 건 불가능할 것이다.

오늘도 어김없이 도서관에서 내 책을 바라보았다. 매번 이 거룩한 행위를 하는 데는 적지 않은 괴로움이 동반된다. 마지막으로 내 책이 팔렸다는 문자를 받았을 때가 언제였던가. 당장 떠올려 본다면 기억해 내지도 못할 것이다. 곧 출판사는 내 책을 생산하는 걸 포기한다고 한다. 돈이 안 되는 물건을 인쇄하는 것은 현명한 판단이 아니기 때문이다.

난 그들의 선택을 원망하고 싶었다. 하지만 그들을 질책할 수도 없는 노릇이었다. 내 눈앞에 펼쳐진 것만 해도 몇 달이 넘도록 줄지 않은 재고기 때문이다. 이젠 인정해야 한다. 그리고 이 짓을 그만해야 한다. 몇 번이나 확인해도 달라지는 건 없다.

집에 가기 전에 마지막으로 한 곳을 더 들르기로 했다. 어제 그녀와 갔었던 산에 가려고 한다. 거기라면 혹시나 그녀와 만날 수 있지 않을까 하는 일말의 기대를 품은 건 아니다. 난 단지 그 벌판을 또 보고 싶었을 뿐이다.

산에 올라가는 도중에 신기한 일을 겪었다. 폐가 찢어질 것같이 아파서 잠시 바위에 앉아 쉬고 있었는데 풀숲에서 멧돼지 한 마리가 나온 거다. 난 두려움에 내장이 가라앉는 느낌을 받았다. 연락도 안 되는 산속에서 멧돼지에게 들이받혔다간 다리가 부러진 채 출혈로 서서히 죽게 될 게 뻔했다.

난 있는 힘껏 소리쳤다. 멧돼지를 위협하기 위함이 맞지만 누군가 내 목소리를 들었으면 하는 마음도 있었다. 얼마 지나지 않아 내 성대는 무리가 와서 쇳소리만 뱉어 내게 되었다. 입안은 피 맛으로 가득했고 이대로 죽는구나 싶었다. 그런데 가만 보니 멧돼지는 날 아까부터 지켜만 보고 있다. 연이어 멧돼지는 입을 열었다.

"두려워 마라."

그 말을 남기고 멧돼지는 홀연히 사라졌다. 난 이 상황이 마냥 기쁘진 않았다. 그렇다고 신기하지도 않았다. 난 처음 느껴보는 공포에 압도당해 헛구역질을 뱉었다. 대체 그건 뭐였단 말인가. 아무리 생각해도 내 조현병이 만들어 낸 환각 말고는 답이 없다. 난 그렇게 굳게 믿은 채 산을 마저 올랐다.

정상에 올랐을 땐 약속된 풍경이 날 반겼다. 그녀와 함께 걸었던 벌판이다. 난 어제 보았던 바다를 보기 위해 벌판을 달렸다. 그리고 그 끝에 바다는 없었다. 당연한 말이지만 이곳은 산이다. 벌판 끝에 자리 잡은 건 낭떠러지에 불과했다.

"이상하다. 어제만 해도 이곳에 바다가 있었는데."

내가 아닌 다른 사람의 목소리였다. 난 목소리의 출처를 알기 위해 황급히 고개를 틀었다. 그리고 내 옆에 누군가가 있단 걸 알게 됐다. 그 사람은 키가 작은 노파였는데 옷차림을 보아하니 무당인 것 같았다. 그녀는 날 지긋이 쳐다보더니 질문을 뱉었다.

"거기, 총각. 이 앞에 바다를 본 적이 있는가?"

"예. 봤습니다."

"그건 건너면 안 되는 길이야. 어제 누군가가 그 길을 건너려 하길래 급하게 막으려 했건만…. 불쌍하게도 내 목소리가 안 들리는 것 같더라고. 아마도 악령에게 매료된 것이겠지."

난 크나큰 실수를 저지른 것 같았다. 뱃속에 움튼 불안함이 얼굴까지 올라오는 기분이었다. 무엇보다 이 일을 자세히 알아야 할 것 같았다. 그래서 애써 침착함을 유지하며 질문을 했다.

"그게 무슨 말입니까?"

"이곳은 정상적이지 않은 장소야, 총각. 가학과 학대를 좋아하는 못된 악령이 자리 잡은 곳이지. 옛날에 이곳에서 축제가 벌어졌을 때 알 수 없는 이유로 갈대가 몽땅 타 버렸어. 그 때문에 많은 사람이 죽었지. 그 이후로 잊혀서 아무도 안 올 줄 알았다만… 불쌍하게도 누군가가 이끌린 채 가 버리고 말았다네. 아마도 영원히 돌아올 수 없을 게야."

"그럴 수가…."

"총각도 더 이상 이곳에 오지 말게나. 만약 이곳에서 사람의 것의 아닌 소리를 들었다면 조심하거라. 악령이 널 유혹하려는 것이니."

"그러면 악령은 사람을 어디로 끌고 가려는 겁니까?"

"그야 저승일 게 뻔하잖은가."

집으로 돌아간 뒤, 난 그 산에 대해서 검색해 보았다. 찾아본 바에 따르면 원래 그곳엔 큰 강이 있었다고 한다. 옛날에는 그 강에 이무기가 산다고 해서 무속인들이 기도를 올렸다는 모양이다. 하지만 이러한 관습은 근대에 들어서 사라졌다고 한다. 가장 큰 이유로는 어느 순간부터 강이 말라서 작은 우물로 변해 버렸기 때문이라고 한다.

난 그 이야기가 벌판과 관련 있을 것 같아서 깊이 있게 찾아보기로 했다. 도서관에 가서 종교에 관한 문서를 읽거나 지역 역사에 관한 기록을 살펴보면서 말이다.

이무기는 무속 신, 토착 신으로 불리며 중세 시기 동안 오래도록 터를 지켜 왔다고 한다. 하지만 유감스럽게도 이는 벌판과 전혀 관련 없는 내용이었다. 그녀가 말하기로 벌판은 단 한 사람을 위한 신이라고 했다. 그러니 내가 찾은 건 단지 지역 미신에 불과했을 뿐이다.

결국 벌판에 관한 내용은 어디서도 찾아볼 수 없었다. 오히려 이대로 모르는 척하고 사는 게 나을 수도 있다. 노파는 그 바다를 건너면 다신 돌아올 수 없다고 했다. 하지만 난 이렇게 살아 있다. 이건 운 좋게 얻은 두 번째 기회다. 그러니 지금이야말로 더 나은 삶을 위해 도전해야 할 때일지도 모른다.

마침 편집자에게 전화가 왔다. 그는 내가 한동안 연락이 없어서 걱정했다고 한다. 난 그런 그에게 잠시 여행을 갔었다는 말로 납득시켰다.

간단한 안부 묻기가 끝나자, 그는 본론을 말했다. 원래대로라면 인쇄 공장과 계약을 끊고 새로운 사업을 할 생각이었다고 한다. 그러나 다음 사업에 대한 논의가 끝나지 않은 탓에 그들은 마지막으로 책 한 권을 출판하기로 했다는 듯하다. 그래서 내 의사를 묻기 위해 전화를 걸었다고 한다.

난 이 기회를 버리기 싫었다. 그렇게 되고 싶었던 작가가 되었는데 제대로 된 작품도 내지 못하고 끝낼 수는 없었다. 그래서 난 책을 만들겠다고 말했다. 만약 운 좋게 이번 기회로 대문호가 된다면 그들 또한 출판사 일을 계속할지도 모른다.

출판사 사람들도 나와 다를 건 없었다. 그들은 포부만 원대했던 젊은이였고 우정으로 뭉친 관계였다. 그들은 자신들의 꿈을 이루기 위해 대출을 나눠 받으면서까지 출판사를 차렸다. 하지만 부족한 게 많았던 탓에 제대로 된 원고를 받지 못했다. 가끔 상업성이 뛰어난 원고도 받았다는 모양인데 그런 작품들은 대개 대기업 출판사와 함께 보내는 경우가 많아서 계약까지 가는 일은 없다고 했다.

그들은 내 작품을 처음 받았을 때 분명 잘될 거라고 믿었다 한다. 나 또한 그들의 말을 철석같이 믿었다. 편집자는 작가가 아무리 자신의 작품을 독자처럼 읽으려 해 봐도 결국은 거울 없이 자기 보기라며 자신이 도움을 준다고 했다. 그래서 그들이 주는 충고와 의견이 독자를 대변할 수 있는 전부라고 생각했다. 하지만 그들은 제대로 된 독자가 아니었다. 그들 중 믿을 만한 사람은 거의 없었고 결국 내 판단을 후회하기까지 이르렀다. 만약 이들이 내 작품을 받아 주지 않았더라면 난 지금보다 나은 삶을 살았을지도 모른다. 예를 들면 아르바이트 같은 일을 하면서 말이다.

그러나 나에겐 이 일이 오랜 꿈이었다. 게다가 이번 기회가 삶을 바꿀 유일한 기회다. 불평만 한다고 달라지는 건 없다. 냉정하게 생각해 보면 난 내 수준에 맞는 출판사를 만난 거다. 그들이 아니었다면 난 내 꿈을 이루지도 못했다. 처음 그들의 문자를 받았을 때를 떠올려 보라. 난 환호했고 열정으로 가득했다. 그러니 현실을 받아들이고 최선을 다해야 한다.

난 명작으로 치부될 역작을 만들기 위해 준비를 했다. 가장 먼저 도서관에 가서 인기 있는 책들을 정독했다. 요새 유행하는 것이 현재의 추세를 보여 주기 때문이다. 그리고 나름대로 이해한 추세를 키워드로 정의해서 메모했다. 이제 다음으로 해야 할 것은 작품의 주제를 정하는 일이다. 주제는 작가의 메시지며 독자에게 전하는 말이다. 이는 곧 작품의 주된 내용이 된다. 만약 작품에 주제가 없다면 이야기가 중구난방으로 퍼져 버리고 만다.

그다음으로 작품의 '기', '승', '전', '결'에 해당하는 장면들을 구상했다. 이 과정에서 어렵게 떠올린 장면을 몇 번이고 뒤집어엎을 때가 많다. 그래도 이렇게까지 해야지만 로드맵을 구상할 때 일관성이 생긴다.

모든 준비를 끝마치고 초고를 적기 시작했다. 당연하게도 혼을 실어서 적지는 않는다. 오히려 떠올린 것을 급하게 메모하듯 대충 휘갈기는 것에 가깝다. 이 과정을 끝낼 때까지 며칠이 걸렸다. 난 완성된 초고를 한번 훑어본 다음 의미 있는 장면만 다시 뽑아냈다. 그러고는 그걸 토대로 다시 로드맵을 짰다. 이번에는 로드맵에 서술로 축약해야 할 장면, 해설이 필요한 장면, 대사의 방향성까지 자세히 메모해 놓는다. 그렇게 모든 준비를 끝내고 혼을 실은 집필을 시작했다.

집필을 시작하고 삼 주째가 되는 날이다. 드디어 책이 완성되어 가고 있다. 솔직히 말하면 윤문을 통해 다듬는 과정이 남았기에 아직 완성을 운운하기엔 이를지도 모른다. 하지만 완성까지 얼마 안 남은 것도 사실이다. 내가 어느 정도 원고를 만들었을 때 편집자와 함께 의논을 하기로 했다. 난 그가 이전에 보여 줬던 건성 어린 태도 때문에 도움이 될 거라고는 상상도 못 했다. 하지만 그는 예상과는 달리 열정적으로 날 도우려 했다. 그의 진심이 묻어난 충고와 비판은 내가 지금까지 의식하지 못했던 독자의 불편함을 잡는 데 큰 도움이 되었다.

그것뿐만이 아니라 그들은 자신들이 개발한 아이디어도 소개해 줬다. 그건 바로 글에다 배경 그림을 새겨 넣어 몰입감을 높이자는 의견이었는데 그 예로 그들은 샘플로 만든 한 장을 태블릿에다 보여 줬다. 그걸 본 나는 감탄을 안 할 수가 없었다. 그들이 미지의 검은 숲을 완벽하게 재현해 낸 것이다. 마치 수채화 같은 감성의 그림은 선명하지 않아서 상상력을 침범하지 않았고 화려하지 않은 색채는 글자의 가독성을 방해하지 않았다. 난 그들의 아이디어를 채용하겠다고 말했다.

난 우리들이 위대한 작품을 만든다는 확신이 들었다. 만약 결과물이 당장에 화제성을 갖추지 못하더라도 언젠가, 그것이 만약 내가 죽고 난 뒤라 한들 명작으로 회자되길 바랐다. 당연히 작품을 출판하고 하루아침에 대문호가 되는 건 생각지도 않는다. 그러나 마음속 진심으로는 내 노력이 결실을 맺기를 바랐다. 난 작품을 통해 세상에 드러나고 싶었다. 더 나아가 싹트고 싶었다. 이 감정에 대해 한마디로 표현하자면 '간절히 태어나고 싶었다.'

그리고 다음 날이 됐을 때 난 뭔가 잘못된 걸 깨달았다. 언제나 그랬듯 넘치는 자신감으로 글을 적으려 했다. 하지만 결과물은 뜻대로 되지 않았다. 문장은 돌같이 딱딱했고 운율이 사라진 듯했다. 난 울분을 삼키며 같은 문장을 몇 번이고 소리 내어 읽어 보았다. 그러나 내 글에선 더 이상 음성적 조화를 찾아보기 힘들었다. 그뿐만이 아니라 단순히 글을 적는 것도 힘들어졌다. 난 훌륭한 문장을 자아내기 위해 문단의 주제를 충실히 따르려 했지만, 이상하게 좋은 글귀가 떠오르지 않았다. 결국 그날은 낮 동안 3장밖에 적지 못했다. 휴식을 취하려고 잠시 편히 앉았지만, 어떤 자세를 취해도 불편하기 짝이 없었다.

해가 지며 어스름히 방 안을 드리웠다. 내 공간은 저절로 어두워졌고 불을 켜야만 했다. 하지만 난 어둠 속에서 움직일 수 없었다. 어쩌면 어둠에게 잡아먹혀 버린 걸지도 모른다. 이러고 있으니 아까부터 위에서 신물이 올라온다.

시간은 괴물의 형상으로 날 쫓아왔다. 내가 노력하지 않으면 괴물은 날 낭떠러지로 몰고 갈 것이다. 그래서 더 노력하려고 했다. 이런 내 마음에 침이라도 뱉는 건지 실력은 각오만큼 비장하지 않았다.

궁지에 몰려서 조현병이 도져 버린 건지도 모르겠다. 아까부터 내가 혼자라는 기분이 안 든다. 어둠이 살아 움직이는 것처럼 살랑거리고 있다. 난 그걸 보고 몇 번이나 놀라야 했다. 이러한 환각은 다양한 형태로 시야의 구석에서 나타났다. 난 오랜만에 약을 다시 먹고 싶어졌다.

그다음 날이 되자 난 폐인이 되어 있었다. 글을 적을 때마다 알 수 없는 두려움과 불안감에 시달린다. 어둠은 이제 내 마음속 깊은 곳까지 침범해 버렸다. 이전에는 이보다 미쳐 버리는 게 불가능할 거라고 생각했지만 더 이상 안 될 게 없어 보였다.

최근 들어 이상한 꿈을 꾸기 시작했다. 난 사람들이 지켜보는 앞에서 운동장을 달렸다. 또한 영화관의 맨 앞자리에 앉아 시사회를 지켜보았고 세트장에 있는 컨테이너 집에서 일어났다. 그리고 사람들의 환호 아래 초면인 사람을 죽도록 때렸다.

난 더 이상 꿈과 현실을 구분할 수 없게 되었다. 오늘 아침만 해도 난 반쯤 미친 채로 떨기만 했다. 편집자는 내가 정상이지 않다는 걸 알고 약을 구하려 했다. 그러나 약국에선 유효한 처방전이 아니라는 이유로 못 준다고 한 모양이다. 그는 나에게 협조적인 의사가 있는 병원을 추천했지만, 이는 전혀 도움이 되지 않았다. 의사는 내 안색을 보고 곧바로 입원을 제안할 게 뻔하기 때문이다.

정오가 되었을 때 난 드디어 이 현상의 원인을 짐작할 수 있었다. 이는 계시를 받은 것처럼 나에게 내려왔고 지금까지 느껴 본 적 없는 영감을 떠올린 듯했다. 앞전에 그녀와 만났을 때 나에게 뭐라고 하던가. 내가 무슨 짓을 하든 벌판의 손아귀에서 벗어날 수 없을 거라고 했다. 그렇다. 이 모든 건 벌판의 짓일 게 분명했다.

난 곧바로 벌판이 있는 산을 향했다. 그곳이라면 벌판에게 목소리가 닿을지도 모른다고 생각했기 때문이다. 난 모든 불평과 불만을 몽땅 쏟아부을 생각으로 산에 올랐다. 그리고 얼마 지나지 않아 목격하였다. 비늘이 심하게 일어난 거대한 뱀이 똬리를 틀며 하늘을 올라가는 모습을.

처음 그것을 봤을 땐 이상하게 생긴 먹구름인 줄 알았다. 오늘 날씨는 비가 올 것같이 어두웠고 구름의 색깔이 딱 저랬기 때문이다. 그러나 자세히 보자 그것의 색깔이 갈색에 가깝다는 걸 알게 되었다. 난 저게 도저히 말이 안 된다고 생각했다. 그래서 단지 멀리 있는 새를 잘못 본 게 아닐까 싶었다. 그러나 그 뱀은 확연히 고통스럽게 몸을 꼬고 있었다. 그것은 몹시 빠른 속도로 올라갔고 그 때문에 목격한 건 잠깐에 불과했다.

아무래도 내 조현병이 더 이상 나빠질 수 없을 정도로 심해진 것 같다. 최근에는 편집부 사람들과 대화를 나누는 것조차 어려워졌다. 난 부쩍 예민해졌고 공격적으로 변해 갔다. 매번 보는 환각이 날 위협한다고 생각했다. 이대로라면 그들에게 버림받는 것도 시간문제다. 그러니 최대한 빨리 조치를 취해야 한다.

난 정상에서 불만을 소리치려 했지만, 그곳엔 이미 누군가가 와 있었다. 자세히 보자 그 사람은 저번에 만난 노파였다. 그녀는 작은 상을 차려 놓고 의식을 취하고 있는 것처럼 보였다. 내가 그녀에게 가까이 다가가자 놀랍게도 그녀는 날 알아차리고 시선을 맞췄다.

"또 왔느냐. 이곳에 오지 말라고 했건만."

"굿을 하고 계셨습니까?"

"의미 없는 겉치레에 불과하지. 기도를 들어줄 주인이 사라졌으니까. 볼일을 다 봤다면 얼른 가거라."

"저도 등산이 목적이 아닙니다."

"그런 거라면 더더욱 여기 오면 안 되지. 이 소리가 들리지 않더냐. 악령이 쉴 새 없이 웃고 있다. 악령이 기쁘다는 건 좋은 징조가 아니지. 당분간 비가 끊이지 않고 내릴 걸세. 여기 있어 봤자 저주받는 꼴에 불과해. 썩 꺼지거라. 얼른!"

노파는 날 어린애 내쫓듯 쫓아 보냈다. 그녀는 나더러 웃음소리가 들리지 않냐고 물었지만, 난 그 말이 이해가 안 갔다. 이곳에서는 웃음소리는커녕 새 우는 소리도 못 들었기 때문이다. 하지만 노파의 태도는 나무랄 수 없을 정도로 완고했다. 만약 노파의 말대로 내가 그곳에 있었더라면 정말로 저주받았을지도 모른다.

집으로 가는 길에 비가 내렸다. 이것이 벌판이 기뻐한다는 증거라면 무엇이 그를 기쁘게 만든 걸까. 한참을 고민했지만, 답은 나오지 않았다. 아마도 이 일은 내가 노력한다고 해결할 수 있는 문제가 아닌 것 같다. 그러니 벌판에 대한 생각은 잠시 접어 두기로 했다.

당장 나에게 필요한 것은 작품을 만들게 할 원동력과 자신감이다. 그리고 지금의 난 그 모든 것이 결여되어 있다. 이대로 글을 안 적었다간 앞으로의 미래가 어떻게 될지는 뻔했다. 그러니 아는 사람에게 도움을 요청하기로 했다.

마지막으로 연락을 나눴을 때 그 친구는 수준 높은 대학의 석사과정을 거치기 위해 대학원생으로 들어간다고 했었다. 지금은 그 이후로 십여 년이 지난 상태다. 그 친구라면 석사는 물론 박사까지 훌륭하게 따내고 자신의 이상까지 실현시켰을지도 모른다. 녀석은 충분히 그러고도 남을 사람이기 때문이다. 나 또한 내 친구가 그만한 사람인 걸 알기에 조언을 구하고 싶었다.

그는 학창 시절 나에게 이상적인 인간상을 보여 줬었다. 누구보다 정의롭고 모범적이었으며 모든 일에 솔선수범했다. 그뿐만이 아니라 공부를 향한 열정도 남달랐기에 언뜻 보면 매력적인 탐구자로 보였다. 우리의 연락이 뜸해진 건 그가 대학원에 들어갔을 무렵이었다. 그 당시 난 대학교를 졸업하고 채용해 줄 회사가 없어서 우울한 시기를 겪어야 했다. 그런 내 모습을 그에게 들키기 싫어서 연락하지 않았다. 그 친구 또한 석사 과정으로 바빴던 탓에 먼저 연락을 줄 수 있는 처지도 아니었다.

하지만 지금의 난 염치없게도 나보다 나은 사람의 도움이 필요하다. 그러니 떨리는 손을 참으면서까지 그에게 전화를 건다. 다행히도 내 오랜 친구는 간단히 연락에 응해 줬다. 녀석은 내 목소리를 듣자 정말 오랜만에 듣는 목소리라면서 기뻐했다. 나 또한 오랜만에 듣는 친구의 목소리가 예전과 다름이 없었기에 한결같은 그의 인격이 믿음직스러웠다. 우리는 서로에게 하고 싶은 말이 많았고 난 그걸 알 수 있었다. 그래서 그에게 만나자고 했는데 흔쾌히 요청에 응해 줬다.

다음 날이 됐는데도 비가 그칠 기미가 안 보인다. 오늘 만나기로 했는데 약속을 취소해야 하나 싶다. 일기예보는 폭우가 나날이 심해져서 피해를 보는 지역도 발생했다고 한다. 그래서 걱정스러운 마음에 전화를 걸었지만 도리어 친구는 비 오는 날에 포장마차도 좋다며 그냥 가자고 했다.

우린 약속대로 버스 정류장에서 만났다. 멀리서 걸어오는 친구의 모습은 정말로 훤칠했다. 내가 기억하기론 저 녀석의 키는 어린 시절 때부터 남달랐다. 나이에 안 맞게 큰 키와 그에 걸맞은 비율은 많은 아이들에게 있어 선망의 대상이었고 나 또한 그런 그의 키가 부러웠다. 그랬던 이가 성숙해지며 차림새를 제대로 갖추자, 의인임을 의심치 않을 수가 없었다.

정말 감사하게도 그는 볼품없는 내 모습을 보고도 놀라지 않았다. 오히려 왜 이렇게 초췌해졌냐며 걱정까지 해 줬다. 난 그러한 친구의 태도가 존경스러웠다. 내 옷은 헐었고 예쁘지도 않다. 내 얼굴은 흉측한데다 더럽기까지 하다. 만약 내가 그였다면 나란 사람이 친구였단 사실에 구역질이 날지도 모른다. 하지만 그는 예전과 같은 눈으로 날 바라봐 줬다. 어릴 때와 달리 이렇게나 망가졌는데도 말이다.

우리는 횡단보도를 건너서 포장마차로 들어갔다. 난 그에게 지금까지 어떤 일들이 있었는지에 대해 질문했다. 조언을 구하기 전에 그의 이야기를 먼저 들으려 하는 이유는 내 사정을 말하기엔 용기가 필요했기 때문이다. 게다가 존경하는 친구가 지금까지 겪어야 했을 수모가 뭐였을지도 궁금했다.

"고등학교에 올라갔을 때 난 모델이 되고 싶었어. 너도 알다시피 애들이 내 키를 엄청나게 부러워했잖아. 그래서 어깨가 올라갔던 거지. 난 당당하게 아빠한테 말했어. 모델이 되고 싶다고. 그랬는데 어찌나 기겁하시던지. 늘 엄한 아빠도 그날만큼은 자상하게 설득하려 하시더라. 넌 우리 아빠 어떤 사람인지 기억나지?"

"기억나고말고. 너희 집에서 놀고 있을 때였나? 아저씨가 갑자기 들어와서 나한테 성적 물어보더니 엄청나게 화냈잖아. 넌 날 감싸주려다 매 맞았고."

"맞아. 그런 일도 있었지."

내 회상에 친구는 호탕하게 웃었다. 그렇게 한참을 더 웃다가 그제야 만족했는지 못다 한 이야기를 이어 가기 시작했다.

"날 막으려 드는 아빠가 미웠어. 아빠는 나더러 일단 좋은 대학에 가라고 했지. 그렇게 아빠가 원하는 대학에 가고 사회에 나와서 일을 구하려 하는데 내가 좋아하는 분야에 대한 전문 지식이 없으니까, 하나도 모르겠더라. 한편으로는 어렸을 때 꿈을 향해 나아갔더라면 벌써 많은 걸 이뤘지 않았을까 하고 상상해 보기도 했어. 근데 웃긴 건 그런 것도 잠깐에 불과했단 거야. 난 지금까지 쌓아 논 걸 바탕으로 쉽게 자리 잡을 수 있었어. 그래서 양복 사업을 시작했지."

"기억나네. 네가 모델이 되면 양복을 입고 싶다 했잖아. 그 뒤로 마음속에 묵혀 두고 있었던 거야?"

"당연하지. 난 양복 말고는 패션에 큰 관심이 없었거든. 그때 찾아본 워킹 영상도 전부 양복이었어."

"그럼 네가 입고 있는 그 걸작은 너희 회사 거야?"

물론 나는 놀려 줄 생각으로 말했다. 저 양복이 터무니없을 정도로 고가의 브랜드기 때문이다. 이 친구는 내가 이런 질문을 할 줄 몰랐을 거다. 당연히 자기가 입은 양복이 자기 회사 건 줄 알고 조용히 입 다물 거라 생각했겠지.

"이건 재능 있는 디자이너가 한 거야. 쓸 만한 사람이 들어왔거든. 젊고 유능한 인재지. 나도 디자인을 한 게 있긴 해. 하지만 평이 좋진 않아. 사람들이 말하기론 훌륭하지만, 다른 상품이랑 비교하면 살 게 못 된대."

난 할 말이 없어졌다. 친구가 손에 꼽을 정도로 대단한 사람이 됐는데 난 지금까지 이뤄 낸 게 없다. 수치스러워서 얼굴이 붉어졌다. 하지만 이 또한 취기라고 넘기고 억지로 취한 척을 연기한다. 내가 실실 쪼개며 호응하자 친구는 의심의 눈길을 거둔다. 그러고는 이야기를 계속한다.

"그 뒤로 이 분야에 대해서 본격적으로 공부해서 지금은 패션쇼 디렉터 일도 겸하고 있어. 비록 내가 원하던 양복 입는 모델이 되지는 못했지만, 더 잘 어울리는 일을 얻었지. 아빠의 말이 맞았던 거야."

"혹시, 네가 모델이 됐다면 지금보다 나은 삶을 살 수 있지 않았을까."

"아냐, 난 그렇게 생각하지 않아. 너도 알다시피 난 군살이 많은 편이잖아. 게다가 운동도 별로 안 좋아하지. 내가 모델이 됐다면 분명 눈에 띄지 못하고 좌절했을 거야. 그러고 보니 넌 지금까지 어떻게 지냈어?"

난 잠깐의 고민 끝에 지금까지 있었던 일들을 솔직하게 털어놓았다. 그는 처음엔 내 말이 안 믿기는 눈치였지만 결국엔 이해하는 듯했다.

그 표정을 보니 난 이 이상 말을 이어 가는 게 괴로워졌다. 그리고 미안했다. 내 친구의 눈빛에는 혐오나 동정이 아닌 나의 아픔을 이해하는 마음이 있었으니까. 그는 자신의 친구가 잘못된 선택의 연속으로 낭떠러지로 향한다는 게 괴로운 거다.

"미안, 이딴 소리나 하려고 불러서. 하지만 넌 나에게 있어서 유일한 버팀목이야. 그러니 염치없게도 무례하지. 다신 안 봐도 좋으니 너의 조언이 듣고 싶어. 앞으로 난 어쩌면 좋을까."

그는 한동안 안쓰러운 표정으로 날 바라보더니 이내 자상한 목소리로 슬픔을 달래 주었다. 그의 말에는 용기를 불어넣어 줄 힘이 있었고 또한 따스한 친절이 있었다. 그러한 진심 어린 조언에 내 감정은 적나라하게 놓일 뿐이었다.

"있잖아, 친구야. 내가 어릴 적 꿈을 이루기 위해서 사업을 시작하기 전에 말이야, 몹시 두려웠어. 도움이 필요해서 여러 사람을 만나 봤는데 그들이 하는 말은 도저히 이해할 수 없었거든. 게다가 실패하면 빚쟁이가 될 게 뻔하니 쉽사리 도전할 용기도 안 났어. 그냥 아빠가 바란 대로 대기업에 취직해서 평범하게 살고 싶었지. 이런 나를 움직이게 한 건 단 하나야. 우리는 좋아하거나 자신 있는 분야에서 가장 뛰어난 사람이 되고 싶잖아."

"나도 내 능력으로 세상에 노출되고 싶었어."

"진정으로 그렇게 생각한다면 지금까지 잘해 왔단 거야. 그러니 멈추지 마. 당장에 하던 일이 안 된다면 그건 그만하라는 신호가 아니야. 그 너머에 네가 바라던 영광이 있다는 신호지. 어서 너를 시험하는 벽을 뛰어넘어. 넌 분명 할 수 있을 거야. 난 널 믿으니까."

그날은 희망을 품에 안고 돌아갈 수 있었다. 여전히 글은 안 적혔지만, 친구의 말을 떠올리자, 진척이 생기는 듯했다. 이건 대단한 변화였다. 의욕이 돌아온 거다. 결과물은 여전히 덜떨어졌지만 적어도 나아갈 수 있게 되었다. 하지만 이랬던 기쁨도 잠깐에 불과했다. 기분 좋게 하루치 분량을 마치고 잠에 들었는데 가위에 눌려 버리고 만 것이다. 최근 들어 이상한 꿈을 꾸긴 했었다. 그러나 그 모든 건 악몽이라고 말할 정도는 아니었다.

나는 꿈속에서 현관 앞에 쌓인 수많은 시체를 목격해야 했다. 시체는 가족들로 이루어진 담이었고 담 너머에는 범인이 있었다. 도망치고 싶었지만, 꿈속의 나는 좀처럼 움직이지 않았다. 그는 딱 봐도 어려 보였고 혼란에 빠진 것 같았다. 아니나 다를까 어린 난 실수를 저지르고 말았다. 시체로 이루어진 담 위에 엎어져 누운 거다. 단지 맨 위에 엄마가 있다는 이유만으로 말이다. 그러고는 죽은 척을 하며 울음을 참았다. 이내 범인의 손길이 나에게 닿았을 때 그제야 악몽에서 해방될 수 있었다. 잠에서 깼을 땐 겁에 질려서 이불속에 숨고 싶었다. 평소라면 하루 종일 그러고도 남았겠지만, 오늘은 편집자와의 미팅이 있는 날이다. 그러니 어쩔 수 없이 카페로 향한다.

가는 길엔 사람들의 눈빛이 평소랑 다른 것 같았다. 그들은 괴물이라도 본 것 같은 눈으로 날 흘겨보았고 그 때문에 내가 아직 악몽을 꾸고 있는 게 아닐까 싶었다. 이러한 상황에 대해 한참을 고민했지만 아무리 생각해 봐도 이유를 모르겠다. 그렇게 만난 편집자와의 미팅은 대단히 원활하지 못했다. 솔직히 말하자면 그 어떤 날보다 최악이었다. 그는 나더러 의욕도 없는 주제에 시간만 축낸다며 지금까지의 잘못을 탓했다. 그는 격앙되어 소리 질렀고 신경질적으로 꾸짖었다. 난 이 상황이 이상하다 못해 다소 공포스러웠다. 전에는 나에게 저만큼 언성을 높인 적이 한 번도 없었기 때문이다. 오늘 본 그의 모습은 평소랑 완전히 다른 사람이 된 것 같았다. 아니, 오늘 본 모든 이가 그랬다. 이게 꿈이라면 누군가가 깨워 줬으면 좋겠다고 생각했다.

이처럼 말도 안 되는 현상은 나날이 갈수록 심해졌다. 나는 글을 쓸 때마다 편집자에게 감정적인 상처를 입어야 했고 여타 직원들과의 불화는 번져만 갔다. 지금보다 감정선이 격해진다면 출판이 물 건너가는 건 물론 편집부가 해체되는 것도 시간문제다. 그래서 시간에 쫓기듯 급하게 작품을 완성했다.

그 뒤로 시간이 흘렀다. 그렇게 바라던 출판에 해냈지만 결국 내 인생은 달라진 게 없었다. 어느 순간부터 예상했던 일이다. 나의 현재는 상상 이상도 상상 이하도 아닌 상상한 대로의 미래였다. 이제 하루가 지나면 가진 돈도 전부 떨어진다. 거지가 되어 굶어 죽기 전에 맛있는 밥 한 끼가 먹고 싶었다. 그래서 대출을 빌리러 갔는데 이미 신용불량

자로 찍힌 모양이다. 불법적인 경로도 알아봤다. 그러나 그들은 나에게 돈을 빌려줄 생각이 없어 보였다. 아마도 돈 대신 낼 수 있는 게 없어 보였기 때문일까.

편집부 사람들은 나와 연을 끊었고 내 오랜 친구는 연락이 닿지 않았다. 난 버림받은 거다. 이제 내가 할 수 있는 유일한 일은 도서관에 가서 내 인생을 망치게 한 악마를 노려보는 거다. 늘 그랬듯이 말이다.

"오랜만이네. 몰골이 그게 뭐야?"

어디선가 익숙한 목소리가 들려왔다. 몹시 발랄하고 장난기 넘치는 음성. 내가 아는 한 이런 목소리를 가진 사람은 단 한 명뿐이다. 나는 당장 소리가 들려온 방향을 향해 고개를 돌렸다. 당연하게도 그녀가 옆에서 날 쳐다보고 있었다.

"넌 왜…."

"네가 끝까지 날 찾을 거라고 생각했는데, 결국에는 무시하기로 한 거야?"

"그래. 네가 벌판이었구나. 그럴 것 같았어. 날 방해한 것도 너지? 너와 헤어진 뒤로 늘 등 뒤에 누군가 서 있는 기분이었어. 스토킹이라도 당하는 것처럼. 그리고 어둠을 볼 때마다 알 수 없는 시선이 느껴졌지.

그건 전부 너 때문이었던 거야. 그러니 묻는 말에 대답해, 왜 나를 못살게 한 거야? 도대체 왜!?"

"지금이랑 다른 하루를 사는 꿈을 꾼 적 있어? 그건 벌판이 너에게 선물하고 싶어 하는 인생이야. 그런데 내가 널 못살게 굴었다니? 오히려 내 선물을 받고도 겁에 질려 버린 네가 날 괴롭게 만들었으면 모를까."

"아니, 그 말을 하는 게 아니야. 넌 내가 꿈을 이루려 하는 걸 끈질기게 방해하고 괴롭혔잖아."

"어린 풀. 난 줄곧 네가 준비되기만을 기다렸어. 그런데도 넌 지금 인생에 미련을 버리지 못하고 있잖아. 네가 날 재촉하게 만든 거야. 넌 매번 날 기대하게 만들고는 진정 아무것도 시도하지 않았으니까. 그러니 증명해. 정말로 태어나고 싶은 거야?"

"설마 나더러 죽으라는 거야? 네가 나에게 약속한 인생을 살기 위해서? 난 네가 누군지도 정확히 모르는데?"

"우린 영생을 함께할 거야. 어린 풀. 부모 자식으로서, 형제자매로서, 친구나 연인으로서. 그러니 날 믿어. 그리고 내 영향력 아래에서 나를 닮아 가 줘. 너와 내가 하나가 될 수 있게."

"사람의 마음을 전혀 모르는군. 넌 역시 악령이 맞아. 저리가. 그리고 두 번 다시 내 앞에 나타나지 마."

"어린 풀. 넌 내가 필요하게 될 거야. 그리고 다시 만났을 땐 지금만큼 동등한 관계가 아니겠지."

"상관없어."

화가 났었다. 단지 그뿐이다. 그녀가 날 방해하지만 않았더라면 내 손으로 지금보다 나은 삶을 이룰 수 있었을지도 모른다. 그러나 그 모든 꿈이 활자 쪼가리가 돼 버렸다. 그녀는 절망한 내 표정을 한동안 감상하더니 한마디를 남기고는 떠났다.

"기회를 줄게. 난 널 포기하지 않았으니까. 청혼을 하고 싶다면 짚단에 불을 붙여."

그녀가 떠나가자 난 혼자 남겨진 기분이었다. 지금까지 나를 좀먹던 위화감은 사라졌지만, 벌거벗겨진 것 같은 기분이 들기도 했다.

사람들의 태도는 이전과 달리 친절해졌다. 그 덕에 허름한 집도 구할 수 있었다. 집이라기엔 컨테이너에 가까웠지만 그래도 잘 곳이 생겼다는 사실이 기뻤다. 밥은 무료 급식소에서 때운다. 근처에 있는 무료 급식소가 두 군데밖에 없어서 배부른 날보다 배고픈 날이 많다. 그래도 아직은 버틸 만하다.

내가 이런 꼴이 되자 나라에서 주는 용돈이 생겼다. 난 이걸 모아다가 목욕탕에 가거나 인스턴트를 먹는 데 쓰고 있다. 솔직히 내 인생 통틀어서 지금이 돈을 가장 잘 버는 시기가 아닐까 싶다.

나에게 있어서 마지막 도전이었던 그날 이후로 난 매일 후회하는 나날을 보내고 있다. 그녀의 제안은 내게 주어진 유일한 기회였다. 그것 말고는 다른 선택권이 없었다. 그러니 잡았어야 했다. 분노에 눈이 멀어 당장을 보지 못한 스스로가 미웠다. 혹시 지금이라도 늦지 않았을까 하는 마음에 짚단에 불을 붙여 보기도 했다. 그것도 매일 말이다. 절망적이게도 그런다고 달라지는 건 없었다.

날이 갈수록 상상력에 의존하게 된다. 현실을 바라보는 게 의미 없을뿐더러 꿈을 그리는 건 기분 좋은 일이기 때문이다. 최근 들어 어떤 이유에서인지 잠에 들어도 꿈을 꾸지 못한다. 그래서 잠에 들 때까지 상상하는 것으로 그 빈자리를 채웠다.

상상 속에서 난 그녀의 제안을 받아들이고 영광스러운 삶을 누렸다. 그 속에서 난 누구보다도 멋졌고 무엇보다도 우월했다. 모두가 날 존경하는 눈빛으로 쳐다보았다. 내가 싫어하고 원망하는 이들은 날 두려움의 대상으로 간주했고 난 이런 자들을 짓밟는 기분으로 쾌락에 젖어 들어갔다. 하루하루가 풍요로웠고 내일이 기대됐다. 그렇게 죽을 때까지 호황을 누리며 살다가 사랑하는 이들 앞에서 완벽한 최후를 맞이한다. 죽은 뒤에는 그녀가 차려 놓은 저승에서 충분히 쉬다가 열정과 영감이

타오르는 것 같으면 또다시 새로운 삶에 눈을 뜬다. 다시 태어난 나는 전생과는 다른 재능을 뽐내며 새로운 사람들로부터 찬사를 받았다.

하지만 이 모든 건 말 그대로 망상에 불과했다. 냉정하게 생각해 보면 그녀는 악령이고 자칭 신이다. 무당은 그녀가 사람을 홀려서 저승에 데려간다고 했다. 그런 짓은 악마나 할 법한 행위다. 만약 내가 그녀를 따라갔다면 이미 지옥에 떨어졌을지도 모른다. 그러니 내 판단은 잘못된 게 아니었다. 아니, 분명 그래야만 할 거다. 그런데도 확신이 서질 않는다. 지금이라도 내 눈앞에 그녀가 나타난다면 난 영혼을 팔 것이 분명했다. 그녀가 악령이든, 악마든 보잘것없는 사이비 신이든, 거짓말쟁이 귀신이든 간에 말이다. 솔직히 이제 와서 그런 건 아무래도 상관없다. 그녀의 말이 거짓말이었다고 한들 지금보다 나빠질 게 없기 때문이다.

한심한 상상으로 스스로를 위로한 밤이 지나고 나서 아침이 찾아왔다. 오늘은 무료 급식이 있는 날이라 일찍 밖을 나섰다. 그 뒤로는 할 일이랄 게 딱히 없었던지라 공원을 배회하다 집으로 돌아갔다. 그렇게 문을 열려는데 발밑에 봉투가 놓인 걸 보았다.

봉투 안에는 양복 한 벌과 일억 원에 달하는 수표 두 장이 들어 있었다. 그건 내가 받아선 안 될 선물이었다. 젊은 날에 부모님이 날 호적에서 배제했을 때도 이렇게 부끄럽지는 않았다. 첫 직장에서 모두가 보는 앞에서 망신당했을 때도 이렇게 부끄럽지는 않았다. 처음으로 출판한 작품이 보잘것없는 종이 쪼가리가 됐을 때도 이렇게 부끄럽지는 않았다. 하지만 이건 내 자존심의 문제였다. 수표의 액수는 그가 내 처지에 대해 얼마나 잘 아는지에 대해 알 수 있는 부분이었다. 내가 숨겼다고 생각한 모든 치부가 공공연하게 세상에 드러나고 있었단 말이다. 난 조만간 죽기로 결심했다. 남길 유언은 없다.

죽기 전에 마지막으로 벌판이 보고 싶었다. 이것은 그녀를 말하는 게 아니었다. 꿈속에서 보았고 또한 그녀와 함께 산책했던 그 벌판으로 돌아가고 싶었다. 발길을 움직여 정상에 다다랐을 땐 날 반겨 주는 황색 구릉에 슬픔이 몰려 왔다. 가능하면 이곳에서 최후를 맞이하고 싶었다. 그런 마음도 잠시 내가 아닌 다른 누군가가 풀 속에 있는 걸 발견했다. 난 그게 그녀인 줄 알고 간절하게 빌며 달려갔다. 그렇게 그 사람의 어깨를 쥐었을 땐 그것이 늙은이의 나약한 몸이라는 사실을 깨달았다.

"너와는 오래도 만나는구나."

목소리를 듣자 난 늙은이가 누구인지 단번에 알 수 있었다. 이 사람은 예전에 몇 번 만났던 무당이다. 저번에 봤을 때도 상당히 늙었었는데 이제 그녀는 죽을 날이 얼마 안 남아 보였다. 온몸이 말라서 지금은 뼈만 남았고 동공은 뿌옇게 질려 있었다.

"이전에 몇 번 만났었죠. 당신은 저더러 이곳에 대해 엄하게 경고하셨는데 어째서 본인만은 이 저주받은 자리에서 벗어나지 못하고 계신

겁니까.”

“주인님이 돌아오실 때를 기다리는 게지. 나 말고 기다려 줄 사람이 아무도 남아 있지 않으니 말일세. 그런데 도무지 돌아오실 것 같지 않네.”

“기도를 드리는 겁니까?”

“닿지도 않을 기도지. 오히려 내 기도가 이 땅을 좀먹은 악령을 화나게 했는지 이젠 눈앞이 보이지도 않아.”

“그 악령이 저보고 짚단에 불을 붙이라고 했습니다. 당신이라면 그 뜻을 알겠지요.”

노파는 내 말을 듣자, 소리 없는 탄성을 질렀다. 그건 중요한 사실을 깨달은 사람의 반응이었다. 난 노파가 깨달은 게 무엇인지는 몰랐지만 그게 좋은 일이 아닌 것만은 확신할 수 있었다. 왜냐하면 노파가 고통스럽게 신음하며 중얼거렸기 때문이다.

“결국 녀석이 원한 게 그게 아니었다니…. 우린 대체 무엇을 위해 그리도 보잘것없는 짓을.”

노파는 잠시 숨을 고르더니 나를 향해 말을 이어 갔다.

"그래. 네가 어린 풀이었구나. 내가 어째서 그걸 몰랐을까. 아니, 너 또한 몰랐기에 녀석이 그렇게나 화난 거겠지. 이봐라. 어서 가서 제물이 되거라. 그렇지 않으면 조만간 큰 화근이 들게야."

"그게 무슨 말씀입니까. 혹시 짚단에 불을 붙이는 걸 말씀하시는 거라면 이미 수도 없이 시도했습니다. 하지만 그런다고 달라지는 건 없었어요."

"꾸미거라. 그리고 차려입어. 혹시 모르니 빈집도 준비하거라. 잊지 마라. 넌 청혼해야 하는 입장이다. 모든 준비가 끝났다면 짚단을 태우면서 지금까지 널 보살핀 하늘의 뜻으로부터 손길을 뿌리치거라."

"하늘을 말씀하시는 겁니까?"

"그건 네가 잘 알겠지. 명심하거라. 네 마음이 다른 곳에 가 있으면 녀석을 더 화나게 할 뿐이야. 그러니 깨끗이 떨쳐 내. 그 녀석은 너의 마음이 다른 곳에 소속되기를 원치 않는다."

마지막으로 무당은 굿을 통해 벌판의 눈길을 사야 한다고 말했다. 벌판이 보지 않으면 청혼도 의미가 없다며 말이다. 내가 굿을 하는 법을 모른다고 하자 노파는 간단한 방법을 가르쳐 주고는 소품을 모아 둔 장소에 대해 알려 주었다.

난 차량을 대여해서 의식에 필요한 소품을 챙기고 남은 돈으로 스스로를 최대한 꾸몄다. 차려입을 옷은 친구가 선물한 양복이면 된다. 그런 다음 거울을 보며 흠잡을 곳을 손질했는데 내가 다른 사람이 된 것 같았다. 이제 빈집만 찾으면 된다. 곰곰이 생각해 보니 엄마와 시골집에 머물렀을 때 빈집이 많아서 동네 친구들과 숨바꼭질을 했던 기억이 난다. 지금은 그 이후로 수십 년이 지났으니, 마을은 유령도시보다도 고요할 거다.

난 그곳에서 의식을 치를 만한 집을 찾아보았다. 예상대로 이 마을에는 사람이 없었다. 외부인을 막아야 할 대문은 힘없이 펄럭일 뿐이고 그 덕에 수도 없이 남의 집에 발을 들일 수 있었다. 그렇게 몇 군데를 정처 없이 둘러보다 꽤 마음에 드는 집을 발견했다. 대문 옆에 계단이 있고 위층이 마당의 지붕 역할을 하는 주택이었다. 난 그 디자인이 새삼 멋지다고 생각했다. 그래서 계단을 올라 위층까지 올라가서 구경하였다. 복층은 상당히 높았고 끝까지 올랐을 땐 탁 트인 아래를 구경할 수 있었다. 이곳이라면 주변 집이 한눈에 들어오길래 이왕 올라온 거 이 위치에서 좀 더 살펴보기로 했다. 마침, 이곳보다 적당한 곳이 몇 군데 눈에 들어온다.

끝내 내가 선택한 곳은 이곳의 옆집이었다. 마당이 시멘트로 뒤덮인 곳이었는데 굳이 이곳을 선택한 이유를 뽑자면 다름 아닌 의식 때문이다. 굿을 위한 상차림과 태울 짚단을 준비하려면 그만큼 큰 마당이 필요했고 그건 이 집이 제격이었다. 게다가 마당 한구석에 아궁이가 있으니 불을 준비해야 하는 번거로움도 면할 수 있을 것이다.

난 메마른 하늘을 올려다보았다. 마지막으로 맑은 하늘을 본적이 언제인가. 고민해 봤자 부질없다. 그날부로 하늘은 회색인 게 당연해졌기 때문이다. 먹구름이 울먹한 것이 곧 비를 쏟을 것 같다. 그렇게 되면 불을 지피는 게 힘들어지니 빨리 의식을 치르기로 했다.

마당 정중앙에 십자 모양으로 짚단을 깐다. 상을 차리고 용포를 덧입는다. 아궁이에 불을 올리고 한 손에 종을, 다른 손에 칼을 든다. 이대로 한 시간 동안 몸부림쳤다. 무당이 말하기로 난 이미 악령에게 씌었던 몸이니 영감이랄 게 없어도 눈길을 끌기엔 충분하다고 한다. 몸부림이 끝났으면 짚단을 한가득 들고 아궁이의 불을 옮겨 붙인다. 그런 다음 마당에 깔아 놓은 짚단을 향해 양손 가득 잡은 불로 마구 때린다.

난 미치광이가 되어 가고 있었다. 두 팔이 타들어 가는데도 행복한 사람처럼 웃는다. 주인을 만난 강아지 마냥 팔짝팔짝 뛴다. 드디어 이해할 수 있게 되었다. 성령으로 가득 찼다는 말을 말이다. 아아, 드디어 오셨구나. 어둠이 날 바라보고 있다. 등 뒤에 누군가 서 있는 기분이다. 이 알 수 없는 공포는 경외감이라고 불러야 할 것이다. 환상적이게도 그보다 더 적절한 단어가 떠오르지 않는다.

짚단이 전부 타 버렸을 땐 무언가의 계시를 받은 것 같았다. 이제 내가 해야 할 일은 명확하다. 집 안으로 들어간 다음 날 위해 준비된 인생을 맞이하면 된다. 멍청한 집주인은 현실을 도피하기 위해 그것을 썼겠지만, 난 그와 처지가 다르다. 그러니 어서 신나게 달려가서 내 목을 달면 된다. 새로운 인생이 시작될 것만 같았다.

그는 꿈과 현실을 구분하지 못하는 사내였다. 현실과 동떨어진 바람은 그를 썩게 했고 그럼에도 이상을 버리지 못했다.

이후 발견한 목격자의 증언에 따르면 그는 미소 짓고 있었다고 한다. 이러한 사실은 그를 위로할 수 있는 최소한의 영광일 것이다.

# 3.

# 바라던 삶

기근이 들었을 때 태어난 엄마는 입이 부족하다는 이유로 걸음마를 배우기도 전에 마구간에 버려졌다. 그렇게 하루가 지나 시체를 치우려고 문을 열었는데 기구하게도 숨이 붙어 있었다는 모양이다. 그리고 나 또한 아이를 가질 생각이 없었던 엄마가 얼떨결에 눈이 맞은 남자와 낳게 되었다고 한다. 이러한 기막힌 운명의 연속은 내가 역사에 존재해선 안 되는 이방인으로 느껴지게 했다.

매주 일요일은 성당에 참례를 하러 가는 날이다. 그곳에서 부르는 노래는 상당히 이상한 데다 신부님의 말씀도 지루하다. 다소 시간 낭비처럼 느껴지기도 하지만 그와 별개로 참례에 빠지는 날은 없다. 부모님이 절실한 교인이라서 눈치껏 따라가는 이유가 있지만 개인적으로 경외감을 느끼는 게 기분 좋다고 생각하기 때문이다.

신을 믿냐고 물어본다면, 난 신을 믿는 편이다. 신이 있다는 사실만으로 스스로를 설득할 수 있는 명분이 늘어나기 때문이다. 난 그런 식으로 수많은 감정적 문제를 회피해 왔다. 존재에 대한 의문이나 운명론에 관한 의심, 선과 정의에 대한 모호함으로 고민할 때면 그보다 더 명료한 답을 주는 게 없었기 때문이다. 날 우울하게 만드는 철학적 고민은 매번 하늘의 뜻이란 이름으로부터 위로받은 거다. 부모님께 내 고민에 대한 해답을 요구한 적도 있지만 그들은 내가 벌써 그런 고민을 할 나이가 됐냐며 기뻐할 뿐이었다.

난 이번에도 참례의 경건함을 통해 경외감을 느꼈다. 매주 치러지는 의식은 모두의 것이기도 하지만 내 마음속에 치러지는 작은 의식처럼 느껴지기도 했다. 신부의 말이 끝나 가고 우리는 미사 빵을 나눠 받기 위해 줄을 섰다. 그렇게 내 차례가 왔을 때 난 내 앞에 누군가가 자꾸만 신경 쓰였다. 분명 아는 사람이다. 그런데 어디서 만났는지 기억이 안 난다. 나와 닮은 것 같지만 저 애는 여자다. 우리가 나눴던 대화는 기억 안 나지만 난 저 애의 목소리를 알고 있다. 우리가 함께한 기억은 없지만 분명 우리는 중요한 무언가를 함께했을 것이다. 확신은 아니지만 그런 기분이 들었다. 하지만 마음속 한편으로는 이것이 기억이 안 나는 게 아니라 기억에 없다는 걸 알고 있다. 저 애는 대체 누구란 말인가.

"이산아?"

신부님이 내 이름을 불렀을 때 그제야 정신을 차렸다. 내가 아무래도 뒷사람들을 기다리게 한 모양이다.

"죄송합니다."

빵을 받고 자리로 돌아가는 순간까지 난 그 애에게서 눈길을 뗄 수가 없었다. 우리의 외모는 몹시 닮았고 그 때문에 우리가 아기 때 헤어진 남매가 아닌가 하는 의심도 들었다. 우리의 다른 점이라면 저 애는 뭐라 말 못 할 위화감이 있어서 사람보단 귀신처럼 느껴졌단 것이고 그조차 너무나 우아해서 존귀해 보였단 것이다. 그 애는 한동안 미사 빵을 바라만 보더니 결국 먹지도 않고 주머니에 넣었다. 난 저 이해 안 되는 행위의 이유가 알고 싶었다. 그래서 이 시간이 끝나면 당장 붙잡고 물어볼 것이다.

정말로 집중이 안 됐던 나머지 시간이 지나고 사람들이 한꺼번에 빠지기 시작했다. 인파 때문에 그 애에게 곧바로 다가가기는 힘들었지만, 시선만큼은 똑바로 향하고 있었다. 그리고 밖으로 나왔을 땐 난 그 애가 미사 빵을 바닥에 버리는 걸 보았다. 그 손이 그 애의 손이었는지는 불분명하다. 어느 순간부터 인파 때문에 전신이 안 보였기 때문이다. 그러나 그 아름답고 투명한 분홍빛 손톱은 그 애의 것임이 분명했다. 난 그렇게 믿고 황급히 인파를 뿌리치며 그 자리로 달려갔다. 그러나 어디에서도 그 애를 찾아볼 수 없었다.

난 말없이 그 애가 남긴 미사 빵을 주웠다. 대체 무엇 때문에 이걸 땅바닥에 버린 걸까. 몇 가지 가능성을 떠올린 끝에 한 가지 가설에 도달할 수 있었다. 그 애는 일종의 하찮은 악마였던 거다. 그 때문에 아름다운 모습으로 내 시선을 훔치고 이런 모독적인 행위로부터 나의 신앙심을 시험에 놓은 거다.

"이산아! 왜 뛰어가는 거니!?"

날 부른 부모님의 목소리에 뒤늦게 내가 오해할 만한 짓을 했단 걸 깨달을 수 있었다. 대체 무어라 변명하면 좋단 말인가. 계속되는 부모님의 추궁에 결국 솔직하게 말하기로 했다.

"방금 전에 나와 닮은 애를 봤어요. 전 그 애가 이복동생이나 엄마가 말해 주지 않은 또 다른 가족인 줄 알고 갔죠."

"그래서 만났니?"

"잘못 봤나 봐요."

"산아야. 우리에겐 너뿐이야. 너희 아빠도 그럴 거고. 이 양반이 밖에서 무슨 짓을 했을지는 모르겠지만, 너도 알다시피 너희 아빠는 그럴 사람이 아니잖니."

"그렇지, 여보."

"만약 다음번에도 그 애를 보게 된다면 우리에게 소개해 줘 봐. 네가 이러니까 궁금하네."

"네."

악마는 아름다운 얼굴로 사람을 홀리고 또한 속인다고 하던가. 난 그제야 그 말이 이해가 갔다. 그 애는 날 한눈에 반하게 만들었다. 지금까지 나와 사랑이라는 감정은 거리가 먼 얘기라고 생각했다. 난 이성에 대한 관심이 적을뿐더러 성적인 호기심도 또래에 비해 미미한 편이기 때문이다. 그러나 그 애는 내가 몰랐던 감정을 건드렸다. 그건 바로 오래도록 알고 지낸 연인 같은 분위기를 풍기는 것이었다. 이는 날 헷갈리게 했고 그 애에게 이끌리게 만들었다. 마치 페로몬에 이끌린 곤충처럼 말이다. 수치스럽게도 난 악마에게 홀려 버린 모양이다. 이런 내가 한심했다.

그 애를 향한 호기심이 사랑이 되고 증오가 되기까지 반나절. 그동안 난 꼬리에 꼬리를 무는 고민을 이어 갔다. 거리를 배회하면서도 고민했고 책상에 앉아서도 고민했다. 더 나아가 밥을 먹을 때도, 놀 때조차 그 애를 향한 고민을 잊지 않았다. 이것은 다름 아닌 집착이었다. 이대로면 미쳐 버릴지도 모른다. 어서 그 애를 향한 생각을 멈춰야 한다. 그래서 자기 전에 거울을 보고 스스로에게 다짐했다. 당분간 그 애를 떠올리지 않기로 말이다.

아침이 찾아왔을 땐 알람음이 밉다 못해 증오스러웠다. 내 단잠을 방해한 것도 모자라 등교를 강요한다. 학교에서 배우는 것은 전혀 도움되지 않을뿐더러 내 머리론 이해가 안 간다. 무엇보다 버티기 힘든 사실은 지루한 수업을 들으면서 턱 아플 정도로 하품해야 한다는 거다.

다른 애들은 예체능 과목이 즐겁고 친구랑 만나는 게 기대돼서 학교가 좋다고 한다. 하지만 난 몸치에다 악보를 읽지 못하기 때문에 예체능 과목이 수업 시간보다도 두려웠다. 친구라면 게임을 통해 알게 된 애가 한 명 있긴 하다. 그러나 그 애 말고는 전부 통성명도 안 한 타인이다. 왕성한 활동으로 친구를 만들면 해결될 문제지만 앞서 말했듯 난 잘하는 게 없을뿐더러 관심사도 없다. 만약 말을 붙인다 한들 원활한 대화는 기대하기 힘들 것이다. 게임을 통해 친구를 만들 수 있지 않을까 싶다면 내 저주받은 말주변을 탓하라.

아침을 먹을 시간엔 쪽잠이라도 잔다. 등교까지 남은 시간은 길어봤자 삼십 분 미만이지만 그보다 좀 더 자도 상관없다. 우리 반은 선생님도 자주 지각한다. 그러니 내부 고발자가 생기지 않은 한 지각생이 발각되는 일은 없다. 게다가 우리 집은 맞벌이 가정이기 때문에 날 억지로 깨워 줄 방해꾼도 없다. 부모님은 아침 일찍 나가시고 저녁이 늦어서야 들어오신다.

다소 무료할 수도 있는 삶이지만 나에겐 게임기와 컴퓨터가 있다. 그 덕에 난 친구나 형제 혹은 남매의 필요성을 느끼지 못했다. 더 나아가 연인마저 필요 없다고 생각한다. 하지만 그 판단은 요즘 들어서 조금 희미해졌을지도 모른다.

결국 두 번째 자명종이 울렸다. 이젠 도망칠 수 없다. 학교가 날 괴롭게 하는 요소는 지루함과 수업의 난이도, 교우 관계가 있겠지만 등굣길도 빼먹을 수 없다. 떠지지 않은 눈과 금방이라도 잠들 것 같은 정신으로 이십 분에 달하는 거리를 걸어야 한다. 난 수면제를 먹인 사람을 강제로 걷게 하는 형벌에 대해서 상상했다. 아마도 나와 처지가 비슷할 거다.

뒤늦게 찾아온 한파는 방금까지 이불 속에서 데워졌던 체온을 얼리고 귀와 볼을 찔렀다. 황급히 모자를 써 보지만 별로 도움 되는 건 없다. 이미 이것만으로 충분히 신경에 거슬리지만, 어깨를 짓누르는 가방도 한몫하고 있다. 선생님께선 학교에서 배급하는 교과서 말고도 따로 교재를 사 오라 하셨다. 난 그 말이 도무지 이해가 안 갔다. 작년 중학교 1학년 때, 그렇게 해서 산 책들이 얼마나 쓰였던가. 학기 초에 한두 번 쓰이고 전부 버려졌다. 이건 선생님이 학생들의 돈과 시간을 낭비하도록 유도하는 꼴이다.

이처럼 볼멘소리로 이러니저러니 해도 결국은 거스를 수 없는 것이 학교의 규율이다. 난 그 사실을 잘 알고 있다. 지금만 해도 순순히 교내에 들어온 것처럼 말이다. 아이들이 떠드는 소리가 메아리처럼 교내에 울린다. 정말 듣기 싫은 소리다. 저들의 함성은 마치 "내 무리가 큰지 네 무리가 큰지 대결해 보자." 하고 과시하는 것 같다. 한 무리에서 시끄럽게 호응하는 소리가 들리면 머지않아 다른 무리에서 더 크게 호응하는 소리를 낸다. 그것의 반복이다.

곧 있으면 아침 시간이 끝나고 1교시가 시작된다. 그때가 되면 조금은 잠잠해질 거다. 지금 내가 할 수 있는 건 조용히 자는 척을 하거나 누구와도 시선을 마주치지 않고 멍 때리는 것뿐이다.

"산아, 주말에 왜 접속 안 했어?"

반가운 목소리가 들린다. 저 녀석은 내 유일한 친구인 성혁이다. 게임을 통해 알게 됐는데 예상외로 우수한 학우였던지라 든든한 아군처럼 느껴진다.

"생각할 게 좀 있어서. 성당에서 이상한 걸 봤거든."

"대체 뭐였길래 네가 게임을 안 켤 정도냐?"

"잘 모르겠어. 나랑 비슷한 또래처럼 보였는데 사람이 아닌 것 같았어."

"성당에서 그런 걸 봤다면 귀신 아니야? 그래서 말은 한번 걸어 봤고?"

"나도 그러려고 했어. 근데 어느새 사라지고 없더라."

"그건 좀 소름 돋네. 그래도 날 혼자 게임하게 둔 벌은 받아야 할 거야."

나를 대하는 성혁이의 표정은 웃음기 가득했다. 그 미소는 날 편안하게 만들었고 그 목소리는 날 즐겁게 했다. 그 덕에 난 이질감 없이 그의 분위기에 휘말릴 수 있었다. 나 또한 미소를 머금고 그를 대했고 이로써 우리가 친구인 걸 실감했다.

"당연하지. 그래서 뭔데?"

성혁이는 자신의 휴대폰을 나에게 들이밀었다. 화면에는 동적으로 찍힌 사진이 있었는데 그걸 통해 현장의 다급함을 느낄 수 있었다.

"이것 좀 봐봐. 네가 없는 동안 내가 좋은 걸 얻은 것 같거든? 감정 좀 부탁할게. 네가 이런 거 하나는 뒤지게 잘 보잖냐."

그가 말하는 건 다름 아닌 게임 아이템이었다. 어이가 없어서 자세히 들여다봤는데 놀랍게도 상당히 좋은 물건 같다. 난 그제야 사진이 동적인 이유를 깨달았다.

"이건 네 공격력이 배로 올라간다는 뜻이잖아!? 대체 이런 건 어디서 구한 거야?"

"역시 좋은 거 맞지? 너라면 알아볼 줄 알았어. 자, 잘 들어라. 이 형님이 이걸 얻게 된 썰을 들려준다…."

성혁이는 나와 달리 훌륭한 학생이다. 그는 공부 머리가 좋아서 선생님들이나 친구들의 관심을 많이 받는 편이다. 이걸로 모자라 운동신경도 좋아서 체육 시간엔 이목을 끄는 장면도 자주 연출한다. 마치 학교의 주인공같이 말이다. 이러한 친구가 먼저 말 걸어 주는 건 몹시 반가운 일이다. 그것만으로 좀 더 당당해질 수 있기 때문이다. 원래 나같이 친구가 없어서 홀로 지내야 하는 아이들은 사소한 행동이 놀림거리가 될까 봐 주위의 눈치를 봐야 한다. 그러니 반갑지 않을 수가 없다. 성혁이는 내가 게임을 같이 해 줘서 매번 고맙다고 하지만 사실 고마워해야 할 사람은 나다. 난 그걸 알고 있다.

우리들은 신나게 떠드느라 정신이 없었다. 그런 와중에 생판 모르는 누군가가 갑자기 인사를 건넬 줄은 누가 알았을까. 정확히 말하자면 나에게 건넨 인사였다. 상대는 옆 반 학생처럼 보였는데 얼굴이 상당히 초췌해 보였다. 게다가 옅은 탄내도 났는데 그게 담배 냄새라고 생각하긴 싫었다. 그게 사실이라면 저 녀석의 접근이 호의적이지 않을 것 같기 때문이다.

"안녕? 너희 게임 얘기하고 있던 거야?"

난 할 수 없이 단답으로 상황을 넘어가려고 했다.

"응."

"친구가 게임을 잘한다며?"

"몰라…."

"애들이 많이 얘기하더라. 열심히 해라."

이유 모를 짧은 대화가 끝나자, 녀석은 자기 반으로 돌아갔다. 성혁이는 나더러 아까 그 녀석과 아는 사이냐고 질문했는데 난 솔직히 처음 보는 애라고 답했다. 내가 녀석에 대해 잘 모르는 눈치자, 성혁이는 그 녀석과 관련된 이야기를 몇 개 알려 줬다. 듣자 하니 녀석은 학교에 문제아로 유명한 애라는 듯하다. 교문 주위나 화단에 버려진 담배꽁초들은 전부 녀석의 짓이고 학폭위가 자주 열리는 이유 또한 피해자들이 많기 때문이라고 한다. 한날은 학교 밖에서 큰 사고를 치는 바람에 소년원에 간 적도 있다는 모양이다.

담배 냄새를 풍길 때부터 그 정도는 예상한 일이다. 그러나 타인의 입을 통해서 진실을 확인받는 것은 또 다른 기분이었다. 내 머릿속에만 있던 끔찍한 상상이 현실이 된 것 같았기 때문이다. 무엇하면 방금 전 접근에 어떤 의도가 있었을지 추측할 정도였다. 가능하다면 녀석은 피해야 한다. 아니, 처음부터 엮이면 안 된다. 나는 경각심을 느꼈고 내 친구의 조언에 깊은 공감의 뜻을 보냈다.

그날 밤 난 악몽에 시달렸다. 괴롭힘 당하는 꿈이었는데 그 녀석이 나왔다. 난 녀석에게 뼈가 으스러질 정도로 맞았고 분노에 찬 욕설을 들어야 했다. 이유는 모르겠으나 녀석은 나에게 대든다는 이유로 알 수 없는 말을 쏜살같이 쏟아 냈다. 모진 구타에 이대로 죽는구나 싶었다. 하지만 이내 등장한 누군가에 의해 꿈의 내용은 순식간에 달라졌다. 놀랍게도 성당에서 본 애가 나타난 거다. 그 애가 내 이름을 부르자 날 때리던 녀석이 사라지고 주변도 달라졌다. 방금까지 분명히 좁은 공간이었는데 지금은 끝없이 펼쳐진 벌판이다. 이상한 건 이 낯선 공간에 향수가 느껴진다는 거였다. 차갑게 스치는 바람하며 쨍하게 내리쬐는 햇빛 그리고 옅게 낀 먹구름. 마치 여름 바다에 빠진 것 같은 이 기분은 익숙하면서도 혼란스러웠다.

내가 주변을 둘러보고 있을 때 그 애는 어느새 코앞까지 다가와 있었다. 그 눈은 날 응시하고 있었고 나에게 요구하는 것이 있어 보였다. 무엇을 원하는 건지는 모르겠으나 이것이 평범한 꿈이 아니라는 건 알 수 있었다. 저 애는 실제 사람이 꿈속에 들어온 것 같은 위화감을 풍기고 있다. 날 보는 방식이며 선명한 얼굴이 그 증거다. 정말 홀릴 것처럼 아름다운 얼굴이다. 세상에서 가장 아름다운 그림체로 전 인류 누구도 어색함을 느끼지 못할 얼굴을 그리면 저렇게 될까. 믿을 수 없을 만큼 조화롭다.

난 그 애에게 원하는 것을 물었고 대답을 기다렸다. 그러나 돌아오는 것은 말이 아닌 행동이었다. 그 애는 내 손을 붙잡더니 달리기 시작했다. 난 할 수 없이 손길에 이끌려서 함께 달렸고 그러자 수많은 장면들이 스쳐 지나갔다. 기적 같은 순간이었다. 매 순간 마주하는 풍경들은 하나같이 익숙하면서 한편으로는 낯설었다. 난 그것들이 내가 잊어 버린 기억이 아닐까 싶었다. 꿈에서 깨어나며 그 애는 작별 인사를 건넸는데 날 처음 듣는 이름으로 불렀다. 하지만 자연스레 그 이름을 잊어버리고 말았다.

아침에 일어났을 땐 성당에 전화해서 그날 미사에 참석했던 사람 중 그 애와 인상착의가 비슷한 사람이 있었냐고 물어보았다. 하지만 전화를 받으신 수녀님은 그런 인상착의를 한 사람은 못 봤다고 하셨다. 오늘 꿨던 꿈이 전부 기억나지는 않았지만 난 대부분 기억하고 있다. 난 그걸 토대로 그 애의 정체에 대해 다시 한번 생각해 보았다. 아무래도 그 애는 악마가 아닐지도 모른다. 더 사악하거나 아니면 선악으로 정의할 수 없을 정도로 복잡한 존재일 것 같다.

꿈속에서의 기분은 천국에 있는 것만 같았다. 난 내가 본 것들이 태어나기 이전, 배 속에 있었을 적의 꿈이었을지도 모른다고 생각했다. 아니면 그보다 더 원초적인 저승에서의 기억일 수도 있다. 하지만 그렇기 때문에 그 애가 두려웠다. 유혹은 달콤하다 못해 광기에 가까웠고 날 홀리는 목소리는 내 영혼과 운명을 속박하려는 것 같았다.

이윽고 상상치도 못한 일이 벌어졌다. 만약 이 모든 게 운명이라면 그 애는 신의 형상일지도 모른다. 그렇게 믿기 시작한 건 등굣길에서 일어난 일부터였다. 기묘한 꿈을 꾼 날에도 여느 때와 다름없이 피로에 찌든 채로 걷고 있었다. 그런데 처음 보는 어른들이 다가오더니 나에게 휴대용 게임기를 쥐여 주며 게임을 하는 걸 보여 달라고 했다. 난 시키는 대로 했고 그들은 한동안 화면을 지켜보았다. 그렇게 한 판이 끝나자, 자기들끼리 의견을 주고받더니 내가 게임상에서 쓰는 이름이 뭔지 물어봤다. 난 솔직하게 대답했고 그들은 그제야 만족한 것 같았다. 그들이 말하기로 어느 프로 게임단의 감독이 날 마음에 들어 한다는 모양이다. 아마도 내가 웹사이트에 올린 영상을 본 듯하다. 감독은 내 나이가 아직 어린 관계로 미리 계약을 따서 점찍어 놓을 생각이라고 하는데 만약 내가 계약에 응한다면 게임 관련 고등학교에 들어가도록 도와주는 건 물론 유명한 팀에 넣어 준다고 한다. 솔직히 거절할 이유가 없었다. 내가 유일하게 잘하는 거라고는 게임뿐이고 그걸로 장래가 보장된다면 더할 나위 없는 횡재기 때문이다.

학교로 돌아가니 반 전체가 소란스러웠다. 등굣길에 내가 계약하는 걸 본 애들이 있었던 모양이다. 아이들은 모두 나를 보며 숙덕거렸고 그 분위기가 부담스러웠다. 그러던 와중에 성혁이가 다가왔다.

"산아. 너 e스포츠 팀에서 스카우트 제의 받았다며?"

난 마지못해 고개를 끄덕였다. 그러자 아이들이 동시에 일어나며 환호성을 질렀다. 아이들은 밀물같이 내 자리에 몰려와서 질문 세례를 퍼붓기 시작했다. 팀의 이름이나 감독의 이름부터 시작해서 내 특기에 관해서 말이다. 내가 대답할 때마다 아이들의 환호성은 폭발적으로 커졌고 이 소란이 영원히 잦아들지 않을 것만 같았다. 정말 정신없고 소란스러웠지만 태어나서 처음 받아보는 환호에 이제껏 느껴 보지 못한 충

만함을 느꼈다.

동급생 아이들이라면, 내가 게임을 잘한다는 걸 어느 정도 알고 있을 터였다. 성혁이가 내 칭찬을 엄청 하고 다녔으니 말이다. 하지만 이 환호성은 그런 것과는 차원이 달랐다. 단지 게임을 잘한다는 인식을 넘어 존경하는 태도와 비슷했다. 내가 어느 순간부터 헤실거리며 제대로 된 답변을 하지 못하자 성혁이가 어깨를 두드리며 칭찬하는 것으로 상황을 마무리했다.

"정말 잘된 일이야. 넌 그만한 실력이 있으니까. 얘들아, 우리 산아한테 사인 받아 놓을까?"

분명한 건 이 일이 내 인생에 첫 발걸음이 될 거란 사실이다. 학교가 끝나고 집으로 돌아간 나는 오늘 일이 그 꿈과 관련이 있다고 생각했다. 정확히 말하자면 꿈속에서 만났고 성당에서 본 그 애가 날 이끌어 준 게 아닐까 싶었다. 근거 없는 짐작에 불과하지만, 난 그 애에게 강한 이끌림을 느끼고 있다. 만약 내가 느낀 감정이 신앙심이라면 그 애는 날 돕기 위해 하느님이 모습을 드러낸 걸지도 모른다. 그러니 기필코 다시 한번 만나고 싶었다.

매일 밤 무언가에 이끌린 사람처럼 정처 없이 거리를 떠돈다. 어쩌면 그 애를 만날 수 있지 않을까 하는 옅은 확신에서 비롯된 행동이다. 하지만 날이 갈수록 깨닫게 되는 건 이런 방법으로는 만날 수 없다는 거였다. 그것이 일주일이 되었을 때 의미는 변질되었고 이제 내가 밤마다 배회하는 이유는 그 애를 향한 내 마음을 정리하기 위함이 되었다.

난 방법을 바꿔서 미사 시간에 꾸준히 참석하기로 했다. 그 애가 정녕 하느님이라면 또다시 그 자리에 나타날 거라고 추측했기 때문이다. 애초에 우리 가족은 절실한 교인이라서 매주 일요일 아침에는 꼭 미사에 참석한다. 그러니 난 단지 목요일 저녁에 한 번 더 참석하기만 하면 됐다.

그렇게 돌아오는 목요일이 되었을 때 난 그 애를 향한 사랑을 믿고 미사에 참석했다. 내 사랑은 부모님을 향한 순수한 마음보다 더 고결한 신앙이었다. 그러니 하느님도 날 사랑하신다면 내 믿음에 대한 보답을 보여 주실 거다. 만약 그 애가 그곳에 있다면 난 내 마음을 고백할 것이다. 난 그 애를 가지고 싶었고 날 쥐여 주고 싶었다. 그 대상이 신이라도 말이다.

최악이다. 결국 미사가 끝날 때까지 찾지 못했다. 어쩌면 처음부터 그 자리에 없었을지도 모른다. 나갈 때 비슷한 여자애를 목격해서 급하게 붙잡았지만 내 착각에 불과했다. 자세히 보자 전혀 다른 사람이었기 때문이다. 절망적인 기분에 터덜거리며 교회 앞 정자로 걸어갔다. 그 애는 날 홀리고도 애가 타게 만든다. 어째서 날 이렇게 괴롭히는 걸까. 이것이 시련이라면 내가 완수해야 할 임무가 있는 걸까. 그조차 아니라면 단지 의미 없는 장난에 불과한 걸까. 수많은 의혹이 샘솟는 와중에 젊은 신부님이 내 곁에 다가왔다.

"혹시 산아니?"

"요한 신부님, 안녕하세요."

"산아구나. 널 이 시간에 보게 될 줄은 몰랐는데. 평소엔 부모님과 함께 일요일에 오지 않았니?"

"그렇죠. 근데…."

"고민이 있나 보구나. 그렇다면 나에게 말해 보지 않을래? 난 신부고 사람들의 속마음을 듣는 것이 일이잖니. 너 또한 남에게 속마음을 털어놓는 편이 나을지도 몰라."

난 그 말이 일리가 있다고 생각했다. 특히나 상대가 신부라면 내가 앓고 있는 문제에 정답을 알고 있을지도 모른다.

"신부님, 최근에 꿈속에서 어느 여자애를 만났습니다. 우리가 만난 곳은 현실에서 볼 수 없는 낙원 같은 곳이었죠. 그리고 그날 뒤로 저에겐 기회가 풍요롭게 넘치기 시작했습니다. 혹시 전 하늘의 선택으로 천국에 가서 하나님과 만난 것이 아니었을까요."

"정말 낭만적인 이야기구나. 내 스승님이신 베드로 신부님도 한때 천국을 보셨다고 이야기하셨지."

"정말인가요?"

"그렇고말고. 베드로 신부님은 물에 빠져서 긴 시간 동안 의식을 잃으신 적이 있거든. 그때 자신이 천국에서 하나님을 만났다고 얼마나 이야기하시던지. 이제는 귀에 딱지가 앉아서 잊으려야 잊을 수가 없구나."

"요한 신부님, 혹시 베드로 신부님께 들은 이야기를 저에게도 알려 주실 수 있을까요? 전 궁금합니다. 하나님이 저에게만 고민거리를 남겨 주셨는지를…."

"당연하지. 신부님께선 처음 저승에 발을 디뎠을 때 모든 것이 하얗게 빛나고 있어서 그 앞이 보이지 않았다 하셨어. 하지만 마음속은 성령과 편안함에 가득 찬 상태라 하셨지. 그걸 통해 자신이 천국에 온 걸 알았다고 해. 그렇게 긴 시간 동안 태아처럼 빈 공간을 떠돌고 있었는데 갑자기 소리가 들렸다는 거야. 그 소리에 귀 기울이자, 하나님의 말씀이 들리기 시작했대. 자기더러 아직 죽기에 아까운 생명이니 기회를 준다고 말씀하시더라네. 그 뒤로 베드로 신부님이 눈을 뜨셨어. 확실한 건 스승님의 신앙심은 이전과 비교도 못할 정도로 두터워지셨단 거야. 혹시 산아야, 네가 본 풍경도 그랬니? 정말 궁금하구나."

난 잠시 기억을 정리한 뒤 꿈속에서 본 것들을 말해 주었다. 황색 벌판이며 먹구름 낀 하늘, 방파제로 이루어진 섬, 공사 중이던 놀이동산, 깊은 산속 천문대, 마지막으로 어느 건물의 방까지. 내 말을 들은 신부님은 한참 동안 고민하더니 내 말이 진실인지 되물었다. 난 물론 진실한 대답이라고 답했고 신부님께선 믿을 수 없단 듯이 말씀하셨다.

"그건 천국이라고 생각 들지 않는구나. 오히려 천국이라고 믿게 만든 장소면 모를까. 네가 말한 풍경엔 하나같이 어두운 부분이 서려 있어."

"하지만 전 잊을 수 없을 만큼 아름답다고 생각했습니다. 그러니 꿈에서 깨어난 뒤에도 이토록 그리운 것이겠죠. 그 풍경도, 그 여자애도."

"산아야, 부디 그것에게 마음을 주지 말아다오. 악마는 달콤한 말로 사람을 유혹할 때 신의 모습으로 나타난단다. 그리고 마법을 부려 기적으로 착각하게 하지. 그렇게 속은 이들은 악마에게 원하는 걸 받은 대신 영혼을 팔고도 대가를 치른다고 하더라. 나로선 상상만 해도 꺼려지는구나."

"요한 신부님, 전 이미 그 애에게 기회를 선물 받은 것 같습니다. 그렇다면 어쩌면 좋단 말인가요."

"네가 아직 마음을 고백하지 않았다면 그건 미끼에 불과할 거다. 그러니 늦기 전에 하느님께 사죄하거라. 그분이라면 분명 용서해 주실 거야."

그날 꿈속에서 그 애가 나왔다. 그렇게 만나고 싶었건만 그 얼굴을 본 순간 난 겁에 질리고 말았다. 저 아름다움은 대체 무엇이란 말인가. 난 저 애를 대체 뭐라고 생각하면 좋단 말인가. 저 존재는 날 혼란스럽게 만든다. 악마인가, 신인가. 그 애를 향해 몇 번이고 외쳤지만, 그저 나를 쳐다만 볼 뿐이다. 내가 진이 빠져 헐떡이자, 드디어 그 애가 입을 열었다.

"태어나 줘, 어린 풀."

그 한마디를 끝으로 난 잠에서 깨어났다. 그 말은 대체 어떤 의미였을까. 아무리 생각해 봤자 그럴싸한 대답이 떠오르지 않는다. 결국 난 내가 할 수 최선의 일을 하기로 했다. 그냥 생각을 정리하고 잊어버리는 거다. 그러는 편이 훨씬 맘 편할 게 분명하다.

늘 그랬듯이 학교로 향한다. 안 그래도 싫었던 학교가 요 근래 더 싫어지려 하고 있다. 원래 싫어하는 이유야 차고 넘쳤지만, 요즘은 특히 그렇다. 전에 나에게 인사를 건넸던 그 양아치 녀석이 최근 들어 꾸준히 아는 체를 하기 때문이다. 난 녀석이 말을 걸 때마다 모르는 척하기 두려워서 억지로 대답하고 있다. 이제는 이름도 알게 됐다. 그 녀석의 이름은 강동이라고 한다.

난 그 녀석이 끔찍하게 싫었다. 아니, 혐오스러울 지경이었다. 매번 풍기는 담배 냄새는 불쾌하기 짝이 없다. 거기다 술 냄새까지 날 때는 머리가 아플 정도다. 그 모든 것들이 뒤섞인 녀석의 입냄새는 특히나 더 지독했다. 만약 녀석의 문제가 단지 체취에 불과했다면 이 정도로 싫어하지는 않았을 거다. 녀석은 나에게 말을 걸 때마다 뒤통수를 때리거나 귀에 대고 '와!' 하는 소리를 냈다. 그럴 때마다 울고 싶을 정도로 힘들었다. 머리를 치는 날에는 뒤통수가 멍든 것처럼 지끈거렸다. 귀에다 소리를 지르는 날에는 수업 시간 내내 이명이 감돌았다. 난 그런 수모를 쉬는 시간마다 당해야 했다.

하지만 그보다 더 참기 어려운 것은 겁먹어서 아무것도 하지 못하는 나 자신이었다. 난 녀석에게 대꾸 한마디도 못 하는 주제에 알아서 떨어져 나가기만을 기도한다. 아무리 기도해도 달라지는 건 없는데도 말이다. 내 신앙심도 이때쯤 닳기 시작한 것 같다. 날 도와주지 않은 하느님이 미웠다. 복음은 우리더러 원수를 사랑하라고 했지만 어떻게 해야 저 괴물 같은 돼지 놈을 사랑할 수 있단 말인가. 난 그저 녀석이 죽이고 싶을 정도로 미웠을 뿐이다.

한날은 선생님의 의견으로 자신의 반이 아니면 못 들어간다는 교칙이 만들어졌다. 이 소식을 들은 우리 반 아이들은 하나같이 낙담을 토해 내며 실망한 기색이 역력했지만 난 기뻤다. 더 이상 강동이 우리 반에 오지 못하게 됐기 때문이다. 꾸준히 바랐던 내 기도가 드디어 하나님의 귀에 들어간 것일까. 지금까지 하늘을 원망한 내 간사한 신앙심이 한심했다. 고작 그깟 일 때문에 신앙을 포기할 생각을 한단 말인가. 지금이라면 강동의 행동을 용서하고 사랑할 자신이 있다. 문제라면 이런 내 마음도 오래가지 않았다는 거다.

단 일주일도 안 돼서 교칙은 없는 취급이 되었다. 구두로 만들어진 교칙인지라 어겨도 선생님이 독단적으로 심한 처벌을 내릴 수 없단 게 이유였다. 그 때문에 아이들은 잔소리를 듣고 다른 반 친구를 만나러 가거나 선생님이 없을 때 딴 반에 가거나 했다. 강동 또한 처음 며칠간 안 왔지, 언제부턴가 다시 오기 시작했다. 내 지옥 같은 일상이 돌아온 거다. 이러한 처지 때문에 마치 하늘이 나를 약 올리는 것만 같았다.

강동은 가끔 선생님이 떡하니 있는데도 아무렇지 않게 우리 반에 들어왔다. 이러한 녀석의 태도는 선생님을 무시하는 것처럼 보였다. 선생님 또한 심기에 거슬렸는지 녀석을 몇 번이나 나무랐다. 그러나 강동은 들은 체 만 체하며 한쪽 귀로 흘려들었다. 그것이 두 번이 되고 세 번이 되자 상대가 갱생 불가능한 쓰레기란 걸 깨달았는지 지적하는 것도 그만두셨다. 아무래도 자기 입만 아프다고 생각하셨나 보다. 난 그러한 선생님의 끈기가 미웠다. 자기가 한 말도 못 지킬 거면 왜 입에서 교칙을 꺼낸단 말인가.

녀석은 내가 성혁이랑 이야기를 나누고 있을 때도 어김없이 찾아왔다. 이런 날은 평소보다 더 난폭하게 자신의 등장을 어필했는데 예를 들면 의자에 앉아 있는 내 뒤를 걷어찬다든가 달려와서 뺨따귀를 날린다든가 했다. 이제껏 살면서 누군가에게 뺨을 맞은 적은 그때가 처음이었다. 난 집에서조차 부모님께 맞은 적이 없었단 말이다. 그야 늘 착한

아들이었으니까.

성혁이는 내 눈시울이 붉어지는 걸 보고 강동에게 하지 말라고 몇 번이나 말했다. 성혁이가 보인 용기는 세상 어느 것보다 따뜻하고 고마운 행동이었다. 그러나 그 사악하고 악질적인 녀석은 도리어 내 목을 조르며 속삭이듯이 말했다.

"너도 좋아하지? 우리 친구잖아."

난 차마 싫다고 말할 수 없었다. 내 목을 쥔 녀석의 손아귀는 너무나 아프고 무서웠다. 지금 녀석의 심기를 건드렸다간 상상도 못 할 수모를 감당해야 할지도 모른다. 최악의 상황에는 가족들에게 피해가 갈 수도 있다. 그래서 결국엔 '그래.'라는 대답을 하기로 했다. 같은 편을 옆에 두고도 이딴 대답밖에 할 줄 모르는 스스로가 역겨웠다. 하지만 이것이 최선이었다. 당연하게도 나를 위해 용기 있게 맞서 준 성혁이에게는 미안했다.

그렇게 수치를 마다하고 첫 마디를 뱉으려 했는데 다른 소리가 선수를 채 갔다. 따귀를 때린 것보다 강하게 살이 부딪히는 소리다. 참다못한 성혁이가 주먹을 휘두른 거다. 강동은 뒤로 밀리며 넘어지지 않기 위해 책상을 잡았지만, 책상 대열과 함께 흐트러졌다. 정말 추한 몰골이었다. 이미 쓰러져야 할 자세를 억지로 붙든 탓에 다리는 꼬여 있고 주먹을 맞은 게 처음인지 두 눈에는 눈물방울이 글썽였다. 가장 추한 것은 성혁이에게 맞서지도 못할망정 시끄럽게 고함이나 질렀단 거다.

녀석은 큰 소리로 "네가 얘 애인이냐?"라고 외치고는 반을 나갔다. 정확히 말하자면 그 말을 끝내고 성혁이에게 대들려 했지만, 자신을 노려보는 당당한 눈빛에 겁먹어 도망쳤다. 아이들은 떠나간 강동을 향해 비웃음을 던졌고 성혁이는 나에게 강동을 험담하는 말로 위안을 건넸다. 난 그 말이 너무나 달콤하게 느껴졌다. 성혁이가 분노에 찬 욕설로 패배자 녀석을 매도할 때마다 격한 감동이 치밀어 오르는 기분이었다. 나 또한 지금까지 쌓인 걸 단번에 풀 듯 녀석을 같이 욕하기 시작했다. 그러다 보니 어느새 우리 반은 분위기에 휩쓸려서 다 같이 강동을 나무랐다.

아이들은 강동이 남에게 시비를 걸고 다닌다는 점과 만만해 보이는 애들을 괴롭힌다는 점, 담배를 물고 아무 데나 침을 뱉는다는 점 때문에 그를 혐오했다. 개중에는 강동이 뱉은 침 때문에 실내화가 더러워졌다는 아이들도 있었다. 걔들이 말하기로 강동은 침 냄새가 가장 고약하다는 듯하다. 듣자 하니 강동은 덩치만 크지 운동은 못해서 체육 시간이 되면 땡땡이를 친다고 한다. 그러면서 자기보다 약하고 작은 애들만 골라 힘으로 누른다는 모양이다. 복도에서 어깨로 치거나 다리를 걸면서 말이다. 아마도 녀석이 성혁이에게 겁먹은 이유도 자기보다 강한 사람과 싸운 적이 없어서일 게 분명하다. 그렇다면 녀석은 오늘 목숨을 부지한 셈이다. 그야 녀석이 화나게 한 내 친구는 우리 반에서 가장 키가 크고 운동도 가장 잘해서 누구도 이기지 못하기 때문이다. 그걸 모르는 사람은 우리 학교에서 찾아볼 수 없을 것이다.

녀석이 한 대 맞았을 땐 들떠서 환호를 지르고 싶었다. 얼마나 폭력적이고 경쾌한 소리였는지 지난 몇 주간의 속 쓰림이 내려가는 기분이었다. 특히나 녀석이 도망치는 꼴을 봤을 땐 속이 다 시원했다.

나에게 스스로 복수할 용기도 없는 한심한 녀석이라고 한다더라도 난 제대로 된 변명조차 할 수 없을 것이다. 그러나 그 순간을 두고 다 함께 강동을 욕하는 일은 세상 어느 것보다 즐거웠다. 아마도 이 자리, 아니 어쩌면 이 학교에서 그딴 녀석을 불쌍하다고 여길 사람은 아무도 없을 것이다. 이건 녀석이 처음부터 자초한 일이다. 그러니 욕을 먹어도 싸다 못해 헐값이다.

분명 이대로 모든 게 끝날 줄 알았다.

# 4.

# 태어나다

아이들이 모두 하교했을 시간, 난 홀로 남아서 청소 용구함에 빗자루를 넣고 있다. 다름이 아니라 이번 달 강당 청소 담당으로 내가 배정되었기 때문이다. 같이 청소해야 할 친구들은 첫날부터 한 번도 모습을 드러내지 않았다. 이유는 알 것 같다. 강당은 체육 시간이나 행사 등의 이유로 언제나 더러워진다. 그러니 대충 청소해도 선생님은 크게 신경 쓰지 않는다. 이러한 사실을 뒤늦게 간과한 벌은 무거웠다. 난 여섯 시가 다 돼 가도록 하교를 하지 못하고 있다.

불이 꺼진 복도를 지나다니는 일은 상당히 섬뜩하다. 창밖으로 내리는 비는 겨울을 맞이한 이른 밤하늘 때문에 까맣게 물들었다. 어스름은 지평선 너머에 옅은 노을을 띄웠지만 그 또한 먹구름에 먹혀서 세상은 그림자에 감추어진 것만 같았다. 복도는 나 말고 아무도 없었기에 빗소리는 어느 때보다 시끄러웠다. 하늘이 아이들의 소란을 대신 피워 주는 것일까. 그런 생각도 잠시 난 내 반에 누군가 있단 걸 깨달았다.

사실 누가 있든 그런 건 크게 중요하지 않다. 나같이 가방이나 짐을 챙기기 위해 반으로 돌아오는 친구는 종종 있었기 때문이다. 만일 저것이 귀신이라 할지라도 하나님을 믿는 날 해코지할 수는 없을 거다. 그런 내 마음에 침이라도 뱉고 싶은 걸까. 내가 힘차게 문을 열었을 땐 그곳에 강동이 있었다. 그렇게 우리는 눈이 마주쳤다. 난 저 녀석이 나에게 관심을 갖지 않기만을 기도했다.

불안한 생각이 떠올랐다. '낮에 있었던 일 때문에 보복하는 걸지도 모른다.' 그래서 지레 겁을 먹고 다급하게 가방을 챙겨 반을 빠져나왔다. 혹시 몰라서 나가는 도중에 슬쩍 녀석을 쳐다보았는데 강동의 시선은 나에게 꽂혀 있었다. 난 거의 달리듯이 복도를 질주했다. 한시라도 빨리 이 자리에서 벗어나고 싶었다. 내 발목을 붙든 공포로부터 해방되고 싶었다. 하지만 녀석의 손아귀는 뿌리칠 수 없었다.

강동은 내 뒤를 쫓아오며 어깨를 두드렸다. 낮게 깐 목소리로 "뭐하냐?"라고 말하면서. 난 그 목소리와 말투에 싫증이 났다. 언제까지 저 혐오스러운 그림자에 겁먹고 살아야 한단 말인가. 더는 지긋지긋하다. 지긋지긋하다 못해 분노가 치밀어 올랐다. 그래서 신경질적인 목소리로 외쳤다.

"네가 알 필요는 없잖아! 네가 뭔데 참견질인데? 저리 꺼지라고!"

마침내 난 녀석의 손아귀를 쳐내고 그를 노려보았다. 그건 살면서 처음으로 발산해 본 분노였다. 원래라면 이를 통해 승기를 잡아야 할 상황이지만 이런다고 달라지는 건 없었다. 오히려 제 말에 겁먹어 버렸다. 내 반항에도 녀석은 미동도 하지 않았다. 게다가 날 바라보는 녀석의 눈은 너무나 하찮게 날 내려다보고 있었다. 그 눈빛이 의미하는 바는 명확했다. 내 저항이 심기에 거슬렸단 거다.

크나큰 실수를 저지른 걸지도 모른다. 뒤늦게 막심한 후회가 몰려왔다. 대체 왜 그런 말을 꺼내 버린 걸까. 당연한 사실이지만 내가 무슨 짓을 한다고 해도 녀석을 이기는 건 불가능하다. 그러니 처음부터 화를 돋우는 게 아니었다. 내가 좀 더 참았으면 이런 무서운 일을 경험하지 않아도 되었다. 앞으로 어떤 짓을 감당해야 하는 걸까. 온갖 불길한 생각이 떠올랐다. 난 녀석에게 죽도록 맞은 후 부모님께 피떡이 된 얼굴을 보여주는 상상을 했다. 그뿐만이 아니라 저 더러운 입이 뱉어 내는 천박한 욕설로 귀가 아플 때까지 매도당하는 상상도 했다.

울고 싶을 정도로 혼란스러웠다. 당장에라도 성혁이가 나타나서 저 녀석을 죽여 줬으면 좋겠다고 생각했다. 하지만 내 곁엔 성혁이가 없었다.

강동은 내가 풍기는 공포를 맡아 버린 걸지도 모른다. 그도 그럴 게 아무렇지도 않은 듯이 어깨동무를 걸고 친한 척을 시작했기 때문이다. 그러한 녀석의 태도엔 나를 겁주려는 의도가 노골적으로 느껴졌다.

"산아야, 자꾸 그러면 내가 친구 안 해 준다? 내가 착하게 말 걸 때 좀 기어라, 제발. 그렇게 나대다가 한 대 맞으면 넌 죽어, 그냥. 너 나 아니면 아무것도 아니잖아. 그러니까 눈치 챙기고 살자. 사람답게."

헛구역질이 나올 정도의 공포다. 몸살에 걸린 것 같은 오한이다. 내장이 떨어지는 듯한 불안감이다. 이 모든 건 살면서 처음 느껴 보는 감각이었다. 저 녀석이 말하는 바는 분명했다. 날 때리겠다는 협박 그 이상도 그 이하도 아니다. 난 그걸 알기에 할 수 없이 고개를 끄덕였다. 그러자 녀석은 타오르는 분노를 삭이는 듯한 말투로 속삭였다. 목소리의 높낮이는 언제라도 터질 듯한 폭탄같이 격앙되어 있었고 호흡은 흥분에 휩싸이다 못해 이글거리듯 떨렸다.

"가만히 있으면 반이라도 간다잖냐. 그러게 왜 기어오르냐고. 어? 왜 사람 기분을 더럽게 만들까?"

이 상황에서 내가 할 수 있는 말은 단지 '미안.'밖에 없었다. 그러자 녀석은 나로선 도무지 이해할 수 없는 말을 꺼냈다. 그건 바로 자신의 집에 날 데려가겠다고 한 거다. 녀석의 명령조는 단호했고 선택권 없는 강요나 다름없었다. 이처럼 이유를 알 수 없는 고집에 나의 불안감은 점차 커져만 갔다.

녀석의 집은 입주민 대부분이 빠진 아파트였다. 재건축을 안 한다면 그대로 부서질 것같이 허름했다. 벽의 안쪽과 바깥쪽에 금이 가 있는 건 기본이고 베란다 전체가 불에 탄 것같이 시꺼먼 곳도 있었다. 물론 허름한 건 내부도 똑같았다. 강동의 집 안은 몹시 좁았다. 방은 2개뿐인 데다 하나는 굳게 잠겨 있어서 없는 것과 마찬가지였다. 문제는 강동의 악취보다 더욱 심한 냄새가 집안 곳곳에 풍긴다는 거였다. 아마도 온 집 안에 쓰레기와 술병, 담뱃재가 뿌려져 있는 게 원인처럼 보였다.

강동은 나에게 똑바로 행동할 것을 요구했고 따르지 않을 시에 주먹을 날릴 거라고 협박했다. 가장 무서웠던 건 한 번 때리기 시작하면 내가 죽든 말든 화가 풀릴 때까지 계속 때릴 거라는 말이었다. 난 똑바로 행동하기가 무슨 뜻인지 몰랐지만 머지않아 알아챌 수 있었다. 강동은 나를 방으로 잡아끌고는 문을 닫고 겸상에 앉도록 하였다. 내가 상에 앉자 녀석은 내 앞에 앉은 다음 술을 까고 담배를 물었다. 그리고 뱉은 한마디가 그의 요구를 투명하게 드러냈다.

“까불기만 해 봐라.”

녀석이 말한 똑바로 행동하기는 꼼짝 말고 가만히 눈치나 보고 있으란 뜻이었다. 사람을 잘못 만났다. 내가 든 생각은 그것뿐이다. 강동은 남이 자신의 눈치를 보는 것에 만족감을 느끼는 저급한 정신병자다. 어디 그것뿐인가? 본인도 별 볼 일 없는 주제에 더 나약한 아이들만 골라 괴롭히고 그들로부터 공포를 좀먹고 사는 저열한 괴물밖에 안 된다. 그래서 녀석이 술을 따를 때 뒤도 안 돌아보고 도망치려 했다. 그러나 문이 고장 난 탓에 계획은 수포로 돌아가고 말았다. 난 수도 없이 문을 밀었지만, 낡아 빠진 철판은 덜컹거리는 소리만 낼 뿐 조금도 도움이 되지 않았다. 끝내 난 작은 틈을 눈앞에 두고 잡히고 말았다. 녀석은 나를 향해 인정사정없이 발길질과 주먹질을 해댔다. 스스로 지쳐서 그만둘 때까지 말이다. 그 뒤로 녀석은 내가 눈이 마주쳤다는 이유나 숨소리가 거슬린다는 이유, 꼼지락거린다는 이유, 휴대폰 알림을 확인한다는 등의 이유로 구타를 반복했다.

난 녀석이 잠에 들어서야 자리에서 일어날 수 있었다. 오랜 시간 같은 자세로 있어야 했기에 다리는 저리다 못해 뻐근했고 같은 곳을 여러 번 맞아서인지 서 있는 것조차 힘들었다. 치욕스럽다 못해 죽는 것보다 못한 시간이었다. 그 모든 아픔과 상처는 강동에게 새겨진 각인 같았다.

지금이라도 이 자리에서 도망쳐야 한다. 하지만 낡은 문을 억지로 열기 위해 발로 찬다면 녀석이 일어날지도 모른다. 그래서 난 할 수 없이 창밖으로 몸을 던지기로 했다. 이곳은 아파트 3층에 위치한 곳이다. 그러니 머리로 떨어지지 않는 이상 죽을 일은 없을 거다. 난 각오를 다짐하면서도 녀석에 대한 분노를 되새겼다. 왜 저딴 쓰레기 때문에 내가 죽을 각오를 해야 한단 말인가. 내가 죽을 바엔 저 녀석이 죽는 편이 낫다. 하느님도 그렇게 생각하실 거다. 아니, 세상 모든 이치가 그걸 바라고 있을 거다. 그러나 나에겐 사람을 죽일 용기가 없었다.

난 아침이 돼서야 집에 도착했다. 부모님은 내 몰골을 보고 눈물을 흘리셨고 왜 전화를 받지 않았냐며 억장이 무너진 듯 흐느끼셨다. 내가 할 수 있는 건 그저 부모님이 납득할 만한 변명거리를 짜내는 것에 불과했다. 난 부모님들께 길거리 양아치들에게 잘못 찍혀서 하루 종일 붙잡혀 있었다고 말했다. 아빠는 이 근처에 그런 패거리는 없다며 안 믿는 듯했지만, 엄마는 게네들의 인상을 말하라며 소리치셨다. 엄마가 미친 사람처럼 열을 올리자 아빠는 고작 그런 이유로 경찰이 신원을 특정하고 추적하지는 않는다고 말했다. 만약 그들이 최선을 다하겠다고 말하더라도 결국 못 찾았다는 말만 남길 거라며 엄마에게 믿기 힘든 사실을 차례차례 선고해 나갔다. 아빠는 엄마보다 냉정했지만, 눈물을 흘리는 건 마찬가지였다.

평소라면 여러 이유로 가기 싫었을 학교가 오늘만큼은 다르게 느껴졌다. 등교하기가 두려운 거다. 하지만 등교를 거부했다간 부모님이 내 변명이 거짓말인 것을 알아차릴지도 모른다. 그래서 아무렇지 않은 척을 했다. 엄마는 내게 하루만 집에서 쉬라고 했지만, 난 그 호의를 거절했다. 괜한 걱정을 끼치고 싶지 않았다.

난 멀쩡하단 걸 어필하기 위해 괜찮다고 말하고 빠르게 집을 나왔다. 하지만 그건 내가 감당할 수 있는 무게가 아니었다. 학교로 가는 내내 훌쩍임이 멈추지 않았다. 부모님께 이 모든 걸 고백한다면 짐을 맡기고 편해질지도 모른다. 그러나 강동은 악랄하다 못해 혐오스러운 녀석이다. 만약 부모님조차 녀석을 감당하지 못하면 어떻게 되는가? 그렇게 된다면 우리 가족은 나를 지탄할 것이고 그런 쓰레기랑 엮여 버린 내 탓을 할 게 분명하다.

나에게 이런 시련을 주신 하늘이 미웠다. 내가 대체 무슨 잘못을 했길래 감당도 못 할 시련을 겪게 하신단 말인가. 난 신앙을 바치고도 충성을 맹세했다. 일평생 하늘만을 사랑했고 신이 아닌 존재에게 사랑을 준 적은 없었다. 만약 내가 신이 아닌 자에게 마음을 줬다고 한다면 그건 단 한 번, 그것도 부모님을 향한 공경밖에 없을 것이다. 난 살면서 어떤 일이 있어도 타인에게 부당하게 화낸 적이 없다. 또한 하늘 아래 맹세코 도둑질과 거짓말을 한 적도 없다. 이렇게나 교리를 지키며 살았는데 어째서 교훈으로 삼을 수도 없는 가학적인 괴롭힘을 자행한단 말인가. 만약 내가 처한 상황이 무한한 사랑을 시험하기 위함이라면 난 그 의도를 욕하고 침을 뱉을 것이다. 이딴 일을 겪고도 원수를 사랑해야 한다면 원수를 죽여서라도 지옥에 떨어질 것이다. 악마의 하수인이 되어서 죽을 때까지, 죽고 나서도 신을 향해 저주를 외칠 것이다.

신은 나를 버렸다. 아니, 어쩌면 처음부터 내 편이 아니었을지도 모른다. 집 밖으로 나왔을 때 강동과 마주쳤다. 녀석은 화단 뒤에 숨어 있다가 성큼성큼 걸어 나왔고 내 앞을 가로막았다. 그때의 기분은 정말로 절망적이었다. 두 다리는 얼어붙고 숨이 멎을 것만 같았다. 저항하기 위해 금방이라도 주먹을 날리고 싶었지만, 두려운 마음이 더 큰 까닭에 덤비지도 못했다. 대체 언제부터 내 뒤를 쫓은 걸까. 창밖에 떨어지며 작지 않은 소리가 났으니 그 뒤로 쭉 나를 쫓아온 걸지도 모른다. 내가 상상하던 최악의 상황이 벌어지고 말았다. 이제 녀석은 내 집이 어딘지도 알아 버렸다. 그는 나지막하게 '따라와.'라고 속삭였고 난 순순히 그의 뒤를 따라 걸었다.

이 자리에서 도망치고 싶었다. 하지만 지금 당장 도망친다고 하더라도 내가 학교에 다니는 이상 강동과 헤어지는 것은 불가능했다. 무엇보다 녀석은 이제 내 집이 어딘지도 안다. 그러니 섣불리 움직였다간 보복당하는 건 시간문제다. 설상가상으로 녀석의 패악질 때문에 부모님도 위험해질 수가 있다. 그러한 마음에 지레 겁을 먹고 차마 녀석에게 거스를 수 없었다.

강동의 집으로 돌아간 뒤에도 이전과 똑같은 일을 당해야 했다. 난 꼼짝없이 앉아서 강동의 눈을 피해야 했고 녀석은 날이 가도록 술이나 마셨다. 그것이 세 잔이 되고 다섯 잔이 되자 한 병을 다 마셨는지 새 술을 가지러 방을 나갔는데 신경질적인 중얼거림만이 들려왔다. 아무래도 이 집에 있는 술이 다 떨어진 듯하다. 조금 이따 강동은 회초리를 들고 방으로 돌아왔다. 녀석은 나에게 또다시 도망치면 입원을 시키겠다고 위협한 다음 움직이지 말고 기다리라고 했다.

강동이 집을 나간 직후 난 깊게 고민했다. 이대로 남은 하루를 지냈다간 미쳐 버릴 게 분명하다. 그러니 어서 이 지긋지긋한 집에서 나가든가 해야 했다. 만약 내가 없어져 버리면 녀석은 상상도 못 할 분노를 표출할지도 모른다. 그러나 중요한 것은 현재의 급한 불부터 끄는 것이다. 내가 만약 오늘도 학교를 빠지게 된다면 부모님께 연락이 가게 된다. 그렇게 된다면 부모님은 나에게 나쁜 일이 생긴 줄 알고 온 동네를 뒤질 것이고 차마 말하기도 힘든 이 꼴을 보고야 말 것이다. 그건 상상만 해도 수치스럽다 못해 잔인한 일이다. 그래 놓고 녀석을 벌하지 못한다면 그보다 쪽팔리는 일이 있을까. 시간을 보니 점심시간 때다. 운이 좋으면 그 느림보 선생님이 아직 연락을 취하지 않았을 수도 있다.

그렇게 방문을 열었을 때 난 처음 보는 사람과 눈이 마주쳤다. 문틈 사이로 안을 보고 있었던 걸까. 얼굴이 닿을 만큼 가까웠다. 그 사람은 강동과 몹시 닮은 얼굴을 하고 있었는데 덕분에 이 사람이 강동의 누나라는 것은 한눈에 보고 알 수 있었다. 문제는 한 번도 방 밖에 나가 본 적이 없는지 알 수 없는 음식물 썩은 내가 진동을 했단 거다. 거기다 얼굴은 기름투성이에 머리는 떡질 대로 떡져 있었다.

내가 당황해서 멀뚱히 서 있자, 그 사람은 말없이 거실 소파에 앉은 다음에 나에게 손짓했다. 자신의 옆에 앉으란 거다. 난 하는 수 없이 그 사람의 옆에 앉았고 반응을 기다렸다. 그러자 그녀는 한참 동안 날 뚫어져라 쳐다보더니 그제야 입을 열었다.

"왜 경찰에 신고 안 해?"

생각지도 못한 질문에 당황해서 제대로 된 말이 나오지 않았다. 입안에 감도는 다양한 단어는 명확한 문장으로 만들어지지 못했고 정처 없이, 형태 없이 그저 감돌 뿐이었다. 그런 내 사정을 어느 정도 이해했는지 그녀는 자기 할 말을 이어 갔다.

"부모님이 알면 부끄러울 것 같아?"

난 솔직하게 고개를 끄덕였다. 틀린 말이 아니기 때문이다. 동급생에게 학대를 당한다니, 죽을 때까지 누구도 알아선 안 된다. 그리고 이다음으로 나온 그녀의 말은 내 귀를 솔깃하게 만들었다.

"걔가 그만 괴롭혔으면 좋겠지? 내가 도와줄까?"

말도 안 되는 이야기처럼 들렸다. 녀석은 선생님도 교화 시키는 걸 포기한 희대의 악질 정신병자다. 고작 가족이 설득하는 것 정도로 날 포기할 거라고는 생각지도 않는다. 하지만 지금은 사정이 다르다. 난 하루라도 빨리 녀석을 곁에서 떼어 내고 싶다. 그러니 기회가 온다면 무엇이든 할 것이다.

"도와줘. 뭐든 할게. 제발 그 녀석을 나에게서 떼어 내 줘. 더 이상 그딴 녀석이랑 함께 있기 싫어."

간절히 사정하면서도 차마 상대를 떳떳하게 바라보지 못한다. 나란 인간은 뻔뻔하게도 자신의 힘으로 상황을 바꿀 노력도 안 한 주제에 항상 남에게 도움만 바랐기 때문이다. 언제까지고 똑같았다. 성혁이에게 기댈 때도 그랬고 지금도 이렇다. 그러니 고개를 숙이고 내 손을 바라본다. 맞서 싸울 용기도 없으면서 꼴에 타인의 도움을 앞세워 자존심만은 지키고 싶었단 말인가. 역겨운 거로는 나 또한 강동과 다를 게 없을지도 모른다.

그러던 와중에 예상치 못한 손길이 다가와 내 고개를 틀었다. 그 때문에 난 강제로 그녀를 바라봐야 했고 본의 아니게 타인과 입을 맞추게 되었다. 너무나 순식간에 벌어진 일이라서 처음에는 실수나 우연에서 비롯된 일이 아닐까 하고 생각했다. 그러나 내 입안으로 들어오는 타인의 혀가 모든 것이 고의라고 말하는 듯했다.

내 목은 한참 동안 움켜쥐어 있었고 내 입은 한참 동안 막혀 있었다. 내 입으로 들어와서 코로 나가는 그녀의 악취는 강동의 것과 비슷하면서도 달랐다. 그렇게 한동안 달갑지 않은 시간이 지속되고 드디어 해방되었을 때 난 그녀가 바라는 게 뭔지 알 것 같았다.

불길한 상상은 틀리지 않았다. 그녀는 나더러 영화를 같이 보자고 말한 다음 티비 화면을 돌렸다. 화면에 흘러나오는 장면은 다름 아닌 선정적인 영상이었고 그녀의 시선은 화면이 아닌 나를 향해 있었다. 내가 고개를 돌릴 때마다 그녀는 짜증을 내며 강동에게 괴롭힘당하고 싶냐며 꾸짖었고 난 그걸 바라지 않기에 시키는 대로 화면을 지켜보았다. 내가 화면을 지켜보는 동안 그녀는 이 집에 있었던 일들을 알려 주었다.

듣자 하니 이 집은 원래 편부모 가정이었다고 한다. 강동과 그의 누나가 어렸을 때 엄마는 일찍이 다른 사람과 눈이 맞아 떠났고 남겨진 아빠는 어떻게든 남매를 먹여 살리려고 노력했다는 모양이다. 문제라면 그들의 아빠가 자신이 겪은 부조리를 그들에게 똑같이 저질렀다는 거다. 그의 누나는 강동이 저러는 이유가 자신만 그런 짓을 당하는 게

억울한 나머지 그러는 거라며 대신 사과하는 말을 전했다.

난 그녀에게 아빠는 어디 갔냐고 물어보았다. 그러나 돌아오는 대답은 상상 이상으로 충격적이었다. 그 대답은 이 집이 어째서 이렇게 썩어 가는지를 알려 줄 수 있는 유일한 대답이었다. 아마도 이들은 머지않아 이 집을 잃고 최악의 상황을 맞이해야 할지도 모른다.

어느 정도 화면을 보았을 땐 내 몸에 이상이 생기는 걸 깨달았다. 그건 남이 알아선 안 되는 부끄러운 변화였고 난 그걸 숨기고 싶었다. 하지만 그녀는 거칠게 손을 뻗어 나를 더듬거리기 시작했다. 처음에는 거부했지만, 결국엔 허용하고 말았다. 정말 말도 안 되는 이유였다. 고작 괴롭힘을 멈추기 위해 이 짓을 해 버린 거다. 난 시키는 대로 그녀를 만졌고 시키는 대로 그녀의 관계를 허락했다.

하늘 우러러 한 점의 부끄럼도 없기만을 바랐다. 난 누구보다도 착한 사람이 되고 싶었고 누구보다도 친절한 사람이 되고 싶었다. 세상에서 유일해도 좋을 따스한 사람이 되고 싶었다. 운동을 못해도, 예술을 못해도, 공부를 못해도, 친구가 없어도 좋으니 남에게 올바른 삶을 살았다는 말을 듣고 싶었다. 그래서 타인이 싫어할 말을 최대한 아꼈다. 남이 상처받을 만한 말은 절대 입 밖으로 꺼내지 않았다. 도움이 필요하면 가장 먼저 달려갔다. 이러한 신념 때문에 도리어 내가 상처받더라도 그건 당연히 감당해야 하는 수모라고 생각했다. 하나 그 결과가 고작 이런 거라면 난 지금까지 거짓된 마음으로 살아간 겁쟁이에 불과할 것이다.

그녀는 나를 집 밖으로 배웅해 주며 더 이상 삶에 미련이 없는 사람처럼 작별 인사를 건넸다. 자신이 없어진다면 강동도 깨닫는 게 있지 않겠냐며. 그 말에 의미가 어찌 됐든 난 깊이 생각하지 않기로 했다. 지금, 이 순간에 어떤 생각을 하던 날 더 비참하게 만들 것 같았기 때문이다. 그것이 아무리 진리에 가까운 철학적인 말이더라도 날 위로하거나 해답을 주지는 못할 거다.

학교로 돌아갔을 땐 마칠 시간이 다 되어 있었다. 대부분의 아이들은 집으로 돌아가기 위해 계단을 내려가는 중이었고 우리 반을 포함한 몇몇 반은 아직 종례를 하고 있었다. 어쩌면 오늘도 부모님께 구차한 변명을 해야 할지도 모른다. 이런 와중에 그나마 위안이 되는 거라고는 더 이상 그런 변명을 하지 않아도 된다는 거였다. 그래서인지 오늘만큼은 거짓말을 해야 한다는 사실이 괴롭게 느껴지지 않았다.

집으로 돌아가는 길에 성혁이가 날 붙잡고 추궁하기도 했다. 왜 오늘 학교에 오지 않았냐며 말이다. 난 그에 대한 대답을 떠올릴 수 없었다. 오늘 있었던 일은 차마 입에 담을 수도 없는 일이기 때문이다. 그러니 그저 입을 다물 뿐이다. 놀라운 건 성혁이가 이런 내 태도를 읽고 강동과 문제가 있었단 걸 알아맞힌 거였다. 날 바라보는 그의 눈빛은 어느 날보다 확신에 차 있었고 해명을 바라는 듯했다. 그래서 난 사실대로 털어놓기로 했다. '괜찮아, 이제 다 끝났어.'라는 군말을 덧붙이며.

강동은 다음 날에도, 그 다음 날에도, 시간이 흘러 사흘이 지났는데도 모습을 드러내지 않았다. 더 이상 그 녀석은 학교에 오지도 않았고 우리 집 앞에 나타나지도 않았다. 정말로 평화로운 일상을 되돌려받은 것 같았다. 그러던 어느 날 예상치 못한 소식이 들려왔다. 때는 종례를 앞두고 가방을 챙기고 있을 때였다. 처음 보는 애가 날 찾더니 뒤뜰 창고에 누가 날 부른다고 한 거다. 그때까지만 해도 난 그 대상이 강동일 거라고는 상상도 못 했다. 학교가 끝나고 뒤뜰 창고로 갔을 때 그곳에는 거짓말처럼 녀석이 있었다. 강동은 날 보더니 주뼛거리며 인사를 건넸다. 이상한 건 그 자세가 기괴할 정도로 엉거주춤하고 불안해 보였단 거다.

"잘 지냈냐."

그 한마디가 어색하다 못해 공포스러웠다. 사흘 동안 모습을 드러내지 않다가 갑자기 나타나서 한다는 말이 '잘 지내냐.'라니. 게다가 굳이 나에게 그런 말을 한다는 게 정상적인 상황으로 받아들여지지 않았다. 하지만 한편으로는 녀석이 나에게 이러는 이유를 알고 싶었다. 그러니 맞서기로 했다.

"대체 뭐 하자는 거야?"

"너한테 하고 싶은 말이 있어서 그래. 네가 그걸 귀담아듣든 말든 신경은 안 쓸 건데 짧게 하고 끝낼 테니까 좀 있어 줘라. 너 아니면 말할 사람이 없기도 하고. 다름이 아니라 사과하고 싶어서 그렇다. 내가 지금까지 좀 심했잖냐. 사실 나도 널 괴롭히면서 기분이 좋지는 않았다. 하지만 어쩔 수 없었어. 우리 누나를 그렇게 만든 놈들만 그런 짓을 해도 된다는 게 아니꼬웠거든."

저 녀석이 말하는 의도는 알려 할수록 역겨웠다. 남이 했으니까 자기도 해야만 한다니. 유아나 할 법한 유치한 사고방식이 아닌가. 어디 그뿐일까. 녀석은 자신의 누나를 그렇게 만든 녀석들에게 복수하는 게 아니라 자기보다 약한 사람에게 똑같이 돌려주며 해소하려 한다. 더 이상 들어줄 수 없는 헛소리에 머리가 울렸다. 하지만 녀석은 아랑곳하지 않고 말을 이어 갔다. 마치 자신의 생각이 당연하다는 듯.

"너도 이제껏 고생하느라 힘들었겠다. 인제 그만하련다. 더 이상 누나도 없고 이런 짓 해 봤자 피곤하기만 하니까. 근데 아무리 생각해도 우리 누나가 죽은 건 도저히 이해할 수가 없겠더라. 그러니까 마지막으로 신세 좀 지자. 미안하다."

"그게 뭔 말인지 알아듣게 설명해."

"나만 이런 일을 당할 수는 없잖아. 그래서 너희 가족도 죽어야 한다고. 원래라면 너도 죽이는 건데 너한테는 빚진 게 있어서 미리 말해 준다. 오늘 오전 한 시까지 집에 들어가지 마. 할 일만 하고 조용히 자수할게. 만약 경찰 같은 거 부른다면 언젠가 두 배로 갚아 줄 거니까 각오

해라. 난 정확히 말했어."

"내가 뭘 잘못했다고 이러는데…."

"만만하게 태어났으니까 이런 짓을 당해도 싼 거야. 너도 이제 알 때가 됐잖아. 너만 힘든 줄 알아? 난 더했어. 어렸을 때부터 남들은 평범하게 사는데 우리 가족만 이상해서 얼마나 억울했는데. 그러니까 친구야. 너라고 못 버틸 건 없어. 원망할 거면 내가 아닌 하늘을 원망하자."

강동이 떠난 자리에는 정적만이 감돌았다. 녀석이 내뱉는 더러운 말과 목소리는 더 이상 들리지 않았다. 고요한 것이 당연한 이 공간에서 유일하게 시끄러웠던 건 내 머릿속이었다. 아까부터 귀에서 이명이 들리는데 그 소리가 얼마나 큰지 머릿속에 열차가 지나다니는 기분이다. 이명은 심장박동처럼 맥박 쳤고 상처 부위처럼 머리를 울렸다. 게다가 눈앞은 또 핑 도는 것 같아서 금방이라도 넘어질 것 같았다. 또한 속은 더부룩하고 매스꺼워서 아까부터 헛구역질이 올라왔다. 공포와도 비슷하고 혐오와도 가까운 이 기분은 다름 아닌 주체할 수 없는 분노였다.

커져만 가는 내 감정은 금방이라도 터질 것 같았다. 난 주변에 있는 물건을 닥치는 대로 잡아 던지고 부쉈다. 또한 입에 담지도 못할 욕설을 원망스러운 상대를 향해 퍼부었다. 이미 그 자리에 욕하는 대상이 없을지라도 말이다. 그런 나의 분노는 단 하나의 발상에 의해 사그라들었다. 그건 마치 뛰어난 예술가의 영감처럼 찾아왔고 훌륭한 선교자의 계시처럼 찾아왔다.

갑자기 머릿속에 떠오른 장면이 있다. 그것은 한 번도 본 적이 없지만 어느 때에 꿈속에서 목격한 장면이었다. 그게 아니라면 전생 혹은 태어나기 이전의 기억일지도 모른다. 난 현관 앞에서 산더미처럼 쌓여 있는 가족의 시체를 보았다. 내 앞에는 이 일을 벌인 원흉이 있었고 이제는 그 얼굴을 알아볼 수 있었다. 그건 다름 아닌 강동이었다. 확실한 건 이 장면을 처음 봤을 땐 범인의 얼굴을 몰랐다는 거다. 그러니 미치지 않고서야 제정신으로 있을 수가 없었다. 이게 대체 어떻게 된 일이란 말인가. 내가 모르는 과거에 앞으로 일어날 일을 미리 봤다니, 나에게 일어나는 상황이 하나도 이해가 안 갔다. 모든 것이 혼란스러웠고 머릿속의 기억이 뒤죽박죽 섞인 기분이었다.

침착하자. 지금 당장 해야 할 것은 내가 먼저 강동을 죽이는 거다. 그렇지 않으면 그 장면이 현실이 되고 말 것이다. 녀석은 지금 자신의 집에서 새벽이 오기만을 기다리고 있을 거다. 그러니 강동이 나오기 전에 미리 녀석의 집 근처에서 숨어 있어야 한다. 강동이 나왔을 때 언제라도 녀석의 무방비한 뒤를 노릴 수 있도록.

시체는 근처 뒷산에 묻을 거다. 녀석이 사는 낡은 아파트는 등산로도 없는 뒷산과 붙어 있다. 그 근처 길은 어디로 가든 산과 이어지는 옹벽이 있으니 그걸 이용하면 될 거다. 게다가 녀석이 사는 곳은 너무 외진 곳이라 새벽이 되면 누구도 길을 다니지 않는다. 그러니 시체를 끌고 다닌다 한들 보는 눈도 없을 것이다. 혹시나 낮이 됐을 때 피나 다른 흔적을 통해 호기심 많은 누군가가 의심할 수 있으니, 가장 사람이 안 다니는 길로 갔을 때 습격한다. 마침 우리 집으로 가는 길에 적당한 장소가 있다. 녀석은 그곳을 꼭 거칠 것이다. 언제나 그랬듯이.

난 새벽까지 강동의 집 근처에서 기다렸다. 열한 시가 되자 녀석은 집을 나왔고 난 조용히 그의 뒤를 미행했다. 그렇게 녀석이 적당한 장소에 도달했을 때 난 돌을 움켜쥐었다. 그 아둔한 멍청이는 내 발걸음 소리도 듣지 못하고 머리가 으깨질 뿐이었다. 사람은 생각보다 쉽게 죽었지만, 꽤 많은 힘이 들었다. 내일 아침이 되면 팔이 많이 아플 것이리라.

시간이 순식간에 흐른 것 같았다. 난 내 일에 몰입한 상태였고 사사로운 생각이나 감정이 끼어들 자리는 없었다. 단지 녀석의 숨통을 끊기 위해 필사적으로 찍어 누를 뿐이었다. 강동의 저항은 정말이지 별것 없었다. 그는 소문대로 키만 큰 멀대였다. 게다가 뚱뚱하기까지 하니 녀석의 허우적거림은 하찮게 보일 정도였다. 그렇게 한참이 지나고 나서야 난 뒤늦게 녀석이 죽은 걸 깨달을 수 있었다. 내가 드디어 녀석에게 복수를 성공한 것이다. 난 광인과 같이 기뻐하며 더 신나게 찍어 눌렀다. 그제야 난 내가 미치광이란 걸 받아들일 수 있었다.

녀석은 죽기 전에 한마디를 남겼는데 그조차 얼마나 역겨웠는지 그런 몰골이 돼서도 자신의 처지를 이해하지 못한다는 게 참으로 안쓰러웠다. 그 한마디는 다름 아닌 '왜 나한테만 이런 일이….'였다. 욕설이

섞여 있었지만 그런 건 아무래도 상관없다. 그 발언과 지금까지의 모욕을 포함해서 형체를 알아볼 수 없을 정도로 찢어 버릴 거니까.

모든 일이 끝나고 집으로 돌아왔을 땐 내가 벌인 짓이 거짓말처럼 느껴졌다. 무엇보다 믿기 힘든 사실은 내가 사람을 죽였단 거다. 이건 도저히 감당할 수 있는 감정이 아니었다. 흥분이 가라앉자, 지금까지의 쾌락은 온데간데없이 사라지고 형용할 수 없는 죄악감이 몰려들기 시작했다. 환청과 이명이 나를 지탄하고 내면의 목소리가 나를 욕한다. 미치광이가 되어 사람을 죽이던 이는 도대체 누구였는가. 그건 악마가 아니었나. 나를 정당화하기 위해 머리를 굴리며 그럴싸한 문장을 떠올려 보지만 모든 노력은 물거품으로 돌아갔다. 필사적으로 신을 찾아보지만, 그런 게 무슨 소용인가. 언제부턴가 나는 신을 버렸고 신 또한 이런 날 용서할 리 없다. 만약 내 입으로 이 모든 걸 고백한다면 자비로운 용서와 함께 지옥으로 떨어지리.

죄악감이라는 이름의 벌은 도망치고 싶을 정도로 거대한 대상이었다. 그것은 두려움보다 더 큰 오한을 불렀고 두려움보다 더 심한 구역질을 일으켰다. 이불 밑에 숨어서 움츠려 봤자 그의 손아귀에서 벗어날 수는 없었다. 그대는 목숨을 거두러 온 사신처럼 내 곁을 떠돌았고 눈을 감을 때마다 내가 으깨 버린 얼굴을 하고 나타났다. 어둠을 바라보면 그곳에 그대가 있을까 봐 눈을 감고 있어야만 했다. 그 끝내 내가 선택한 것은 작은 창문을 통해 밤하늘을 올려다보는 것이었다. 작게나마 어둠으로부터 눈길을 돌릴 수 있게.

밤하늘을 유영하던 아름다운 별에 홀려 버린 것일까. 그조차 아니라면 신앙을 버린 이가 본능적으로 기적을 간구하는 것일까. 어느 쪽이 됐든 하나라고 단정 짓기는 어려울 것이다. 그러한 마음으로 하늘에 대고 고백했다. 나는 죄인이오, 대역죄인입니다. 부당함을 정면으로 맞설 용기도 없는 주제에 뒤에서 사람을 죽일 용기는 있었나 봅니다. 스스로의 힘으로 현실을 바꿀 시도조차 하지 않았던 주제에 제가 처한 상황에 분노할 줄은 알았나 봅니다. 힘도 지혜도 능력도 없이 태어나 사악하기까지 한 저를 거두어 주소서. 그리고 부디 구원해 주소서.

무릎을 꿇고 손바닥을 보여 나를 바쳤다. 저기 저 하늘에 뜬 수많은 별들 중 하나가 내 소원을 듣고 나의 몸과 영혼과 마음을 가져갈 수 있도록. 이 순간을 그저 거룩하게 드높였다. 이날 밤은 편히 잠들지 못했지만 작고 반짝거리는 별들은 한없이 찬란하게 빛났다. 그 빛은 날 진정시켰고 짧게나마 잠들기를 허락했다.

아침이 찾아왔을 땐 아무 일도 없었던 것처럼 행동하려 했다. 그렇게 해야지만 부모님의 의심으로부터 피할 수 있을 거라고 믿었기 때문이다. 난 아무렇지 않게 방을 나와서 식사를 마치고는 학교로 갔다. 늘 그랬듯이 1교시는 지루하고 피곤했으며 어제 일로 지친 까닭에 발표도 제대로 하지 못했다. 하지만 그건 어디까지나 내 상상이었다. 의식을 되찾았을 땐 이미 한밤중이었고 부모님은 날 걱정스러운 표정으로 보고 있었다. 아마도 이 시간까지 패닉에 빠져 있었던 모양이다. 다음 날이 되자 부모님은 날 데리고 병원에 데려갔다. 진단 결과 내가 우울증에 걸렸다는 모양이다. 그거 말고도 의사가 어려운 증상을 여럿 말하기도 했는데 나로선 도저히 알아들을 수 없는 말들이었다.

결국 부모님이 선택하신 건 나를 집 안에 가두고 보호하는 거였다. 아침 일찍 일어나서 학교에 가야 할 필요는 없어졌지만, 마냥 그게 기쁘지만은 않았다. 다름이 아니라 한순간도 빠짐없이 공포에 사로잡혀 있었기 때문이다. 모르는 번호로 전화가 올 때마다 그것이 경찰서에서 온 것인 줄 알고 전부 수신 차단을 눌렀다. 여기서 그치지 않고 택배나 이웃이 문을 두드리는 소리마저 날 잡으러 온 사람들인 줄 알고 숨죽인 채 인기척을 없앴다. 특히나 무서웠던 건 부모님에게 가는 전화였다. 나의 불길한 상상은 그것이 신고 전화라고 속삭였고 난 귀 기울여 전화 내용을 훔쳐 들었다. 다행히도 내가 우려하는 내용은 아니었다.

그렇게 몇 년간 방 안에 틀어박힌 생활을 이어 갔고 올해로 열여덟 살이 되었다. 다른 아이들은 벌써 고등학교에 들어가고도 학년이 올랐을 나이지만 나에게 있어서 그런 건 상상도 못 할 일이었다. 중학교 시절 이른 나이에 학교를 그만둔 탓에 출석 일수 부족으로 퇴학 처리가 됐기 때문이다. 물론 그러한 이유로 원래 들어가야 했을 게임 관련 고등학교도 못 가게 되었다. 내 코치가 되기로 한 사람은 유감의 뜻을 밝히는 메일을 보냈고 그 내용은 날 울리기 충분했다. 이러한 상황에서 그나마 위안이 되는 건 부모님의 도움으로 정상적인 생활이 가능해졌단 거다. 최근에 방문한 병원에서도 이제는 일상생활이 가능할 거라며 날 응원해 줬다.

내가 안심하고 마음의 문을 열기 시작한 것은 일 년 전쯤이었다. 그때부터 사람들이 강동의 죽음에 신경 쓰지 않는단 걸 깨달았다. 잘 생각해 보면 당연한 걸지도 모른다. 그는 자기 자신을 돌볼 가족이 없었다. 무엇보다 그가 사는 곳은 이웃의 죽음이 흔한 시궁창이었다. 아마 아직도 그 거리를 거닐다 보면 강동보다 더한 놈들로 이루어진 패거리를 심심치 않게 볼 수 있을 것이다.

이제 와서 그날을 떠올려 보면 무엇이 날 그토록 몰아붙였는지 깨닫고 신기해한다. 난 강동을 죽인 직후 더 이상 그 녀석이 두렵지는 않게 되었다. 오히려 마음 한편으로는 마침내 복수에 성공했단 사실이 더할 나위 없이 후련했다. 당연하게도 강동이 불쌍하다거나 강동을 죽인 게 후회된다거나 하는 마음은 없었다. 하지만 날 이런 상태로 몰고 간 범인은 따로 있었다. 그건 다름 아닌 법적 처벌이었다. 내가 지은 죄는 어떤 이유로도 용서받는 게 불가능했다. 난 그 사실을 잘 알고 있었고 그로 인해 생기는 압박감은 죄악감이 되어 내 목을 졸랐다. 물론 더 이상 그날의 기억으로 힘들어하는 일은 없다.

어제는 정말 생각지도 못한 손님이 찾아왔었다. 반갑고도 그리운 그 얼굴은 다름 아닌 내 오랜 친구인 성혁이었다. 그는 예전과 비교해서 크게 달라진 건 없어 보였지만 훌쩍 늠름해진 탓에 한눈에 알아보기가 힘들었다. 난 두 팔 벌려 그를 환영했고 그 또한 내 안색이 괜찮은 걸 보자 안도하는 눈치였다. 우리는 지금까지 못 나눴던 대화를 단번에 털듯 정말 많은 이야기를 나눴는데 그를 통해 성혁이가 날 얼마나 걱정했는지 알 수 있었다. 그러니 그에게 사과하지 않을 수가 없었다. 그날의 악몽이 있었던 이후 난 성혁이의 연락마저 받지 않았다. 그 짓은 절대 해서는 안 되는 무례한 짓이었다. 다행히도 내 사과를 들은 성혁이는 웃으며 나를 용서해 주었다. 그러한 친절 덕분에 그가 내 친구라는 사실이 새삼 고마웠다.

본론으로 들어가서 그는 나에게 한 가지 부탁을 했다. 그건 바로 자신이 다니는 고등학교에 오라는 것이었는데 최근 들어 듣던 소식 중 가장 반가운 소식이 아닐 수 없었다. 실은 계속 이런 생활을 이어 갈 수만은 없어서 중졸 검정고시를 준비하고 있었다. 부모님 또한 나의 각오를 몹시 좋아하셨고 그러니 나에게 남은 고민거리는 어딜 지원할지에 관한 문제였다. 하지만 이로써 고민거리도 해결되었으니 가지 않을 이유가 없었다. 난 성혁이에게 당연히 간다는 포부를 밝혔다. 그러자 성혁이는 유례없을 정도로 기뻐하며 방방 뛰었다. 이후 나는 부모님과 함께 교장과 상담을 나누며 사정을 설명해야 했다. 그들은 내가 사람을 죽인 걸 모르기에 내 이야기를 선불리 받아들이기 힘들어했지만 그래도 어찌저찌 납득하는 듯했다. 결과는 성공적이었고 끝내 합격할 수 있었다.

오늘은 등교 첫날이다. 학교가 멀어서 버스를 타야 하는 불편함이 있지만 지금의 나에겐 설레는 요소밖에 안 된다.

"교복이 똑같네? 너도 우리 학교야?"

익숙한 목소리에 고개를 돌리자, 그곳엔 처음 보는 여자애가 있었다. 이상하다. 분명 일면식도 없는 초면인데 난 저 얼굴을 알고 있다. 그래서 이 위화감의 이유를 알기 위해 끝끝내 고민했고 고민 끝에 떠올린 진실은 날 놀라게 했다. 다름 아닌 그녀가 내가 어렸을 적 사랑에 빠진 존재의 얼굴을 하고 있었기 때문이다. 그 사실에 압도된 나는 얼빠진 대답밖에 할 수 없었다. 그러자 그녀는 나에게 웃으며 대답해 주었다.

"전학생이면 내가 도와줄게. 넌 이름이 뭐야?"

컴퓨터 화면을 향해 작별 인사를 건네는 것으로 오늘의 일과는 끝난다. 어두운 방 안엔 정적만이 가득하지만, 그것도 잠시 문이 열린다.

이윽고 시간이 흘러 난 1인 크리에이터가 되었다. 어릴 적 게임 영상을 올리던 채널이 크게 성장한 덕분에 지금은 유명하다는 수식어가 붙는다. 어째서 이 일을 다시 시작했냐고 한다면 지금의 아내가 조언을 해 줬기 때문이다.

벌판의 어린 풀



초판 1쇄 발행 2024년 6월 14일

지은이 표경록
펴낸이 이기봉
편집 좋은땅 편집팀
펴낸곳 도서출판 좋은땅
주소 서울특별시 마포구 양화로12길 26 지월드빌딩 (서교동 395-7)
전화 02)374-8616~7
팩스 02)374-8614
이메일 gworldbook@naver.com
홈페이지 www.g-world.co.kr

ISBN 979-11-388-3259-5 (03810)

- 가격은 뒤표지에 있습니다.

- 파본은 구입하신 서점에서 교환해 드립니다.